U0565148

2008 年 5 月 12 日，汶川县发生里氏 8 级特大地震，造成 69227 人遇难，17923 人失踪。

汶川、茂县、理县、北川……这次大地震的重灾区，正是三十万中国羌族人的聚居地。

2009 年 5 月 6 日，
汶川县夕格、直台两寨的 700 多位村民离别羌寨，
迁往 200 公里外的邛崃南宝山。
看见女儿从空无一人的寨中走来，
马群香抹一把泪，向世代居住的直台山寨投下最后一眸。

释比贵生带领全寨村民向祖神玛比作最后告别：
"尊敬的玛比啊，我们就要远走他乡了！
您知道，我们每个人心里都有祖先神灵，
我们一旦有了落脚之地，三年内就回来接您！"

十年寻羌

人与神的悲欢离合

高屯子 著

上海三联书店

目录

11

回 归

12

现实与理想在我心中
叠化而成的影像

自序 | 高屯子

一

自我放下手中的笔拿起照相机的那一刻起，内心就渴望着能以一种新的语言，去述说那些未及用文字尽情书写的冲动与感受；渴望能在自由独立的状态下，以图片去记述故乡平庸无奈的现实，与苍凉悲壮的历史。

但1995年5月，在成都举办了《高原风·朝圣之路》影展之后，我拍摄的对象却在不经意之间，由青藏高原和西域大地的高原牧人，转向了其间的美丽风景，并把许多的时光，消费在与"旅游""文化"相关的"策划""打造"中去。此时，遍地泛起的物欲风潮，已汹涌摇晃着整个世道人心。在终日的忙碌、应酬中，渐感自已那决然的出走，不过是摆脱了权势的驱使，又受金钱的奴役。及至2003年前后，内心对"策划""打造"之类的营生已十分倦怠，在晨光暮色中拍摄奇山丽水的激情，也随之减退。

终于，在2008年3月，结束了三年的居家阅读、完成了北京电影学院的学历之后，在又一个春雪飘飞的季节，我重新回到了青藏高原的东部山地。这一次，我没有翻越尕里台，走向我熟悉的松潘草地，而是中途折进了岷江上游的深谷高山，把手中的镜头，从阳光与风雪中的藏族牧人身上，移向了山林与田野里的羌族农民。

从苍茫草地来到这段山地，吸引我的，不再是九寨沟、黄龙美丽的风景，而是其西南汉藏之间"最后的羌人地带"上，那些并不依着我们既有的知识、概念、印象生活着的羌人。来到这里，是想体验一段与自然、生命、历史相关联，与"现代工业文明"有些区别的生活；是想以一种属于自己的语言，去讲述那些代表族人与祖先通灵、与鬼神对话的释比；讲述他们的心灵状态与现实处境。

我开始在山野与城市、山民与学者间走访，并系统地阅读能查找到的与"羌"有关的文字。

通过对甲骨文的辨析，我们发现："羌"，是三千多年前，殷商人对其以西大约今天的陕西东部、河南西部、山西南部一带边缘人群的称谓。通过对《史记》《国语》等古籍的阅读，我们了解到："羌"，是秦汉时期由秦陇向西大规模扇形迁徙的那些族群。通过对《华阳国志》《明史》，以及后来顾颉刚、费孝通等历代史家著作的浏览，我们又看到：两汉、魏晋之际，在整个华夏西部形成了广阔的"羌人地带"——从西北天山南路的婼羌，河湟流域的西羌，陇南蜀西一带的白狼羌、参狼羌、白马羌、白狗羌等，再到川西、滇北一带的青衣羌、牦牛羌，及至唐宋，吐蕃势力与藏传佛教由旧称发羌的地域迅速向东扩展，与中原势力及文化在这片广阔的"羌人地带"上全面相遇。之后数百年间，甘、青、河湟与川西北广大区域的羌人，分别融入了汉、藏、蒙古等民族之中，到了明、清，只剩下岷江上游和湔江上游一些高山深谷间有少量"羌民"了。这部分人，终于在 20 世纪 50 年代对民族识别之际，被认定为"羌族"。

这是大量不同时期的历史文献所书写的羌族历史。但当我从这些历史书本中，回到岷江上游深谷高山之间的古老羌寨，来到农人耕种的田野里细心体察，并将其与周边文化形态进行比照时，禁不住暗自思忖：随着中原文化向西扩展而向西迁徙的"羌"，果真是同一个"民族"，数千年来一直在一个"民族走廊"上不断地迁徙吗？眼前这些自称"尔玛"，却在八九十年前从未听说过"羌"这一称谓的人群，与活跃在历代文献典籍中的"羌""羌戎""氐羌"有着怎样的联系？眼前的岷山、汶川、熊耳山、三星堆雒水，与千年之前千里之外中原河洛之地的岷山、汶川、熊耳山、雒（洛）河，有何因缘？身边的这些高山羌人，是带着礼器迁居蜀地的夏朝遗民？还是灵性的三星堆文明被武力逼迫之后，逃隐于周边密林高山的古蜀后裔？

我的拍摄与书写，并非想要加入"羌学"专家的行列，对"羌族历史"作出考证，但以汉字书写，或以羌语传说的种种"羌"或"尔玛"的历史，又是表现今天的羌人无法回避的苍茫背景。

这段时间，我终日在历史文献记载的"羌"和岷江上游高山之上生活着的"羌"之间，来回穿行。

二

谁也未曾料到，2008年5月12日，一场8.0级的大地震，使我正倾心关注的这片深谷高山，顷刻间成了全世界一同关注的焦点；谁也未曾料到，这场大地震破坏最惨重的区域，正是当今中国五十五个少数民族之一的羌族聚居地。

13日，我从济南赶回成都。此时，救援力量已到达北川、绵竹、都江堰……，军队的直升机正尝试着向映秀空投物资，但汶川县城的灾情还无确切消息。14日一早，我和两位摄影助理召集了几位越野爱好者，将4辆越野车的后排座椅拆下，装满急救药品从成都出发，绕道雅安、康定、丹巴、金川、马尔康、理县，穿越一路飞沙走石，经一天一夜，为汶川县城送去了第一批急救药品。原以为音信全无的汶川县城，很可能如当年的叠溪古城，被倾塌的山体掩埋；此刻立于姜维城头四望，岷江、杂谷脑河沿的道路、桥梁多遭损毁，城中伤者众多，城中楼房却少有坍塌，并不如想象中那般惨重。

至此，我们一路发挥熟悉路线和地形的优势。返回成都后，又引领着十多辆大货车，将各路亲友捐赠的救援物资，沿此路线送往理县、汶川、茂县、松潘灾区。

地震发生之后的十多天时间里，每天面对电视，都是悲痛伤惨的画面；每次走进灾区，都会让人生出万端感慨。地震中，被猛力摇撼的，不仅是这块土地和这块土地上的建筑、桥梁，还有整个中国人的心。人性的光辉与暗角，在救难现场一次次曝光；恻隐之心、家国情怀，在反复播放的电视画面前被全面唤醒。

二十多天之后，在废墟中抢救生命、向灾区抢运药物的脚步渐渐停下，大家开始抽空与亲人、同学和朋友联系、相聚。5月底的一天，接到谷运龙电话，他时任阿坝州委常委，我在报社任副刊编辑时与他相识，之后常有一些文字上的交流。他从水磨来到成都相会，看见他脚上的胶鞋被泥土层层包裹，脸庞的皮肤被阳光层层剥落，其间的经历可想而知。我和妻子颜俊辉请他进饭馆小酌。二十多天过去了，彼此的心情平复了许多，但说到大灾中的羌人时，便见他神色凝重，黯然神伤起来。他说："曾几何时，我们羌人纵横在那样广阔的西部大地，在那里游牧耕种，繁衍生息。无数次战乱迁徙之后，如今仅残留在岷江上游汶川、茂县、理县、松潘和绵阳的北川这些高山僻壤。

18

这样的历史变迁，这样的历史遭遇，已让我这样的羌族文人常生感伤。而这次百年不遇的大地震，重灾区又正好落在我们羌人的聚居地！这是宿命，这是天意？"

他连饮两杯又说："目前重灾区道路中断，还保留着一些古羌文化风俗的灾民又散落安置到各地，今后羌文化还如何延续？如何传承？"

离别相拥时，我感到满脸潮润。他流泪了。

深夜回到家里，我说，"看来我们还要做点事情才行！"俊辉说："羌寨妇女不是大多会绣花吗！我们来设计一些现代人喜欢的刺绣产品，让灾区妇女在家手绣，我们再想办法卖出去，这样既可解决灾后的生计、让她们找回自信，又有助于羌文化的传承。"我说："很好，我明天就写方案！"

2008年7月21日，成都高屯子文化机构联合"壹基金"，在阿坝州政府支持下，启动了旨在保护羌族文化，帮助灾区妇女就业的"羌绣就业帮扶计划"。之后，俊辉带领与她共事多年的年轻设计师们，开始把自己的目光从现代都市的时尚空间，向古老羌寨的田间地头转移。而我，在大地震之后的第一个春节来临前夕，在羌族诗人羊子陪伴下，和严木初、旺甲两位摄影助理一道，来到了大山深处的汶川县龙溪乡夕格羌寨，来到了释比贵生的家里。

三

　　大地震发生之后的前半月，在灾区目睹并亲历了一个又一个让人怦然心动，又感慨万端的场景，却没有拍下一张图片。大半年之后，大地震泛起的尘嚣已悄然落定，我这才带着摄影助理、带着影像器材，人背马驮来到不通公路的夕格羌寨，延续拍摄羌人的计划。从腊月二十七到正月初十，我们与释比贵生一家，与寨中村民们一起举办"山寨论坛"，祭拜祖宗神灵，仰望满天繁星……在夕格山寨，在一群古羌后裔中间，我又一次感受到了与土地，与星空，与另类生命之间的亲近。

　　同夕格村民相处半月后回到成都，无心参加各种名目的饭局、聚会。二十年前在埃溪羌寨，那手托腮帮在柴火光焰里吟唱"尼莎"古歌的老人；十年前在北川五龙寨景区，那脚踩禹步为游客表演皮鼓舞的中年释比；半年前在萝卜寨地震废墟，那眼含泪水怅望岷江深谷的儿童、妇女……，以及新旧书本里那漂移在三千年时空、九万里山河中的羌人身影，如一帧帧深埋岁月的图片，在我脑海里竞相展现。

　　我感到，这是一种启示，是我一直寻觅的表述语言，在向我发出召唤！

　　我感到，仅有一百多年历史的图片摄影，它的语汇还可以更加丰富；它完全可以勇敢地站出来，以主人翁的姿态，带着文学的思考、图片的呈现、影像的记录，与我携手同行，去表现大地震之后的中国羌人。

我感到，我必须马上回到羌寨，不仅是夕格，不仅是汶川，还有岷江上游、湔江上游所有羌人居住的深谷高山。

在之后的十年里，严木初、华尔丹两位藏族摄影助理，先后随我一同见证，一同以图片、文字和纪实电影三种语言并行的方式，记录了夕格、直台两个羌寨的700多名羌人耕种劳作的生活状态、迁徙与回归的悲壮历程。这十年里，我在汶川县龙溪、雁门、绵虒，理县西山、蒲溪，茂县曲谷、三龙、围城、雅都、土门、松坪沟，松潘县小姓、镇坪以及北川县青片……，这些深谷高山间的羌寨静静地拍摄着。这期间，山下的城镇和道路很快得以重建，高山之上的古老村寨也纷纷整修或搬迁。灾后重建的速度和成果，让所有的人欢欣鼓舞；但看见一栋栋深具岁月质地的房屋被遗弃或拆毁，我倍感失落。虽然，我不能振臂一呼，让那些存储无数古老信息的古木老墙无人敢动；虽然，我不能苦口婆心地去劝说大家回归田园牧歌的生活，但我可以用属于自己的语言向这个世界平静讲述：2008年5月12日的那场大地震前后，在岷江上游高山羌人的生命里，还流淌着远古歌谣的余音；在他们的日常生活当中，还保存着一些与自然、与传统血脉相连的四季风俗。

通过我的讲述，你也许会发现，中华民族的许多古风雅俗，往往靠着一群边远乡村的农民在保存和延续。通过我的讲述，你也许会发现，那些在历史长河中已经消逝或正在消逝的，并不注定永远消失；那些正在流行和横行的，并不一定益于人类长久的福报。时间无有终始，当我们的思想、我们的关怀、我们的生存环境遭受危机与困顿时，也许，我们可以在流淌的光阴里，找寻到给予我们启示的远古歌谣。

2020年初冬春交替之际，一种叫作"新冠"的瘟疫，开始在全球蔓延。纪实电影《寻羌》在国内院线上映的时间原定在4月初清明节期间，无奈影院歇业，只有另寻公映时机。也好，此时正好整理图片、修改文字，编辑《十年寻羌》。

我从十年间所拍的几千张图片中选出一百多幅，来编辑12开精装大开本。这些图片都是用哈苏503cw相机、依尔福120黑白负片拍摄的。图片有意回避了与电影画面相同、相近的画面；文字与对应图片息息相关，却又着重于图片与电影难以呈现的历史场景、人物心理、人物对话。精装大开本分"迁徙与回归""羌在深谷高山""最后的释比"三个部分。"迁徙与回归"讲述释比贵生等夕格羌人，离开世代居住的山寨迁往他乡，九年后回归故乡祭拜祖先，迎请祖神的感人历程；"羌在深谷高山"记录了岷江上游、湔江上游高山之上的羌族村民，经历大灾之后耕种劳作、守望家园的日常生活；"最后的释比"记述了大地震之后，我能寻访到的二十多位羌文化传承者——释比，述说他们的迷茫与憧憬、失落与坚守。文字部分如《山寨地边论坛：汶川大地震发生的原因？》《山寨火堂论坛：哪一样东西对人类伤害最大？》《岷江上游的羌族，是失散多年的犹太人？》等较长的篇章，由于精装大开本追求图片典雅厚重的影调、质感，追求图文相配的整体节奏和形式之美，不便容纳大篇幅的文字，但对那些生动有趣的文字又不忍舍弃，于是决定再编一方便携带、阅读，设计生动活泼的32开读本，把那些生动的彩色图片也用上，让图片、文字和电影画面相映成趣，彼此呼应。

此书有幸由让众多读者心生敬意的上海三联书店出版，由在国内外屡获大奖的图书设计师天琪设计，并得到众多朋友的支持、鼓励，善缘所聚，心生感恩。

如果你有缘与这本书相遇，你会发现，我以一种属于自己的语言向你讲述的——

不是漂移在历史文献里中原以西广阔大地上的"羌"；

不是专家学者们通过历史文献研究推论的"羌"；

不是接待领导或游客时敬酒献歌的"羌"；

不是舞台之上或媒体镜头前的"羌"。

我向您讲述的，是苍茫历史时空背景下，"5·12"汶川大地震之后，在那些尚存一丝历史余温和乡土气息的村寨里，敬天法祖、耕种劳作的"羌"；是迁徙与回归路上坚守与失落的羌；是现实与理想在我心中叠化而成的影像。

2009 年 4 月 18 日，我静坐在释比贵生家的火塘边，用手机向远在都市的几位朋友发出这样一则短信：

> 山寨通讯社消息：岷江上游高山之上的汶川县龙溪乡夕格、直台两个羌寨的七百多位村民，在"5·12"汶川大地震一周年到来之前，将尽数迁往成都以西一百公里外的邛崃南宝山原劳改农场。男女老幼一同前往，牛马牲畜不得随迁。今日，两寨青年人已开始变卖家畜、耕牛、粮食，老人们则纷纷陷入即将永远离别旧居、祖坟、家神的伤痛，三位老年释比注视着世代相传的释比法器，沉默不语。

在此之前的十多年间，我在高原放浪久了有些寂寞时，便喜欢用手机给身处都市的朋友，发送一些空灵静寂的文字。这些文字，总能唤起他们对远离尘嚣的山野和自由之旅的向往与回应。而现在书写这则文字平淡的"山寨新闻"，书写者与阅读者的感受，想必都非同以往。

看见暖色的火苗在贵生不断鼓腮抽烟的脸上跳动闪烁，不禁想起两个多月前，"5·12"汶川大地震之后的第一个春节前夕，也是在这个火塘边，也是这样静静地注视着闪烁的火苗轻舔在贵生沧桑的脸上。"春天你们再来吧！"贵生说，"那时整个山沟都是歌声，春耕时犁地的、牵牛的人要一起给耕牛唱歌。你看这里的地都就巴掌那么大，又陡。要给耕牛唱歌它才会好好给你耕啊！用心唱，耕牛会听得泪流满面的！春分这天大家在家休息，都不上山，不进树林，这一天是雀鸟、野兽恋爱交配的日子，不去打扰的。"

两个月之后，春天依旧来临，龙溪山谷的山花依然如期绽放，但高山之上的夕格、直台两个高山羌寨，耕者唱给耕牛的歌声，却在 2009 年 4 月 18 日这天戛然止歇。人牛垂泪相望，声声叹息，声声长哞。

夕格不通公路，但几年前已有了电视，安装了被村民们称为"锅盖"的卫星信号接收器。通过电视屏幕，山民们目睹并感受了这个世界的种种纷争、灾难与便捷、享乐。每个人面对灾难的反应千差万别，但对便捷与享乐的向往却大抵相同。对于大多数夕格人来说，满世界都是汽车、火车、高速公路，而夕格至今连机耕道都没有一条，日常所需的一切卖出买进都得靠人背马驮，这是令人遗憾的事情。但现在要永远离开与自己血脉相连的山寨，所有夕格人，特别是老年人都面色凝重、扼腕叹息。对我而言，记录夕格羌人经历大地震之后恢复元气、重归田园的拍摄计划，也将随着这片山野春耕之歌的止歇，而转向他们再一次的迁徙历程……

因一场大地震发起"羌绣就业帮扶计划"，因帮扶计划来到高山羌寨。没想到，我与夕格羌人、与释比贵生一家就此结缘，并用十年的时间去记录他们敬天法祖、耕种劳作的生活；记录他们大灾之后离开世代居住的山寨迁往他乡，九年后回归故乡祭拜祖先、迎请祖神的悲壮历程。没想到迁徙与回归路上，人与祖先、人与神灵的悲欢离合，会让我如此感慨动容；更没想到，我的生活方式与拍摄方向，会被一群原想去"救助""帮扶"的高山村民所改变，内心的长养反受到他们的救助和帮扶。

每一个人都需要与天地有一个精神链接，因为所有的生命都是天地化育的；每一个人都需要与祖先有一个情感沟通，因为每一个人的生命都是祖先延续的；每一个人都需要与先贤有一个思想交流，因为每一种文明都是先贤传承的。万物变化不息，时代更替不止，但人与天地祖先的因缘，历亿万年也不改易。今天，我们身处全球化进程加速、科技飞速发展、理论随时翻新的时代，在享受着物质极大富有、生活极其便捷的同时，我们是否失去了与天地祖先的情感链接？失去了感恩与敬畏的能力？失去了深远的生命背景和深厚的情感依靠？是否外表光鲜、知识丰富却不明常理、意志脆弱、内心无依? 今天, 我们同样"迁徙"在国与国、城与城、城与乡之间, 我们何以为家? 如何心安? 内心渴望的许多期许, 也许都能和我一样, 在夕格羌人迁徙与回归的故事里, 得到回应与启示。

壹

阿妈，
您的儿孙
要远走他乡了

2009 年 5 月 6 日，离"5·12"汶川大地震一周年还有 6 天，汶川县龙溪乡夕格羌寨的杨贵生一家，就要和世代居住的羌寨，和这座长年相守的祖屋告别了。全家人将到山下的东门口，与夕格、直台两寨的 700 多位村民会合，一同迁往 200 公里外的邛崃南宝山。

后排是 61 岁的释比杨贵生和他 75 岁的大哥杨德生。两位老人背着的麻袋里装的是羊皮鼓、响铃、神杖、金丝猴皮帽……这些世代相传的释比法器。其中还有一具用白纸层层包裹着的头骨，贵生从不轻易示人。从春节前夕来到羌寨，与贵生一家相处半年，直至昨天，贵生引领着一寨老幼在崴孤山头与玛比神告别时，我才第一次看见这具头骨。

龙溪沟阴阳十寨的山民们，谁也说不清夕格比崴吉杨家的释比传承，已经历了多少代人。杨氏三兄弟中，三哥水生，长于驱邪解秽的下坛法事；四弟贵生是个"全卦子"，对敬天还愿、持诵经典、禳灾祛病、指导农事和婚丧嫁娶之类的上、中坛法事大多精通；大哥德生，则充任贵生和水生主持法事时的刮斯姆（副祭）。据说，三兄弟受邀作法前，如对某一法事的仪轨或颂辞不甚明了，或对某一驱邪手段信心不足，先辈祖师便会在梦中示现，给予指引。所以，山寨间对夕格杨家的释比传承，有"梦传"一说。

前排右二是贵生的大儿子杨永顺，永顺身边左腿有残疾的是弟弟杨永学。永学先前在家放羊，"5·12"地震前经人介绍，去了郫县一家工厂打工，现在请假回来帮助家里收拾东西；前排左边是贵生的老伴余秋珍，和儿媳王彩文；永顺母亲脚下和手中口袋里装的，是他家每日清晨准时打鸣的红公鸡，和每日在火塘边陪贵生饮酒聊天的虎皮小猫；永顺7岁的儿子文理，已经跑下山看汽车去了；永顺右手牵着的是5岁的女儿群星。

两小时前，贵生、德生兄弟带着家人来到屋后的母亲坟前，人群中独少了三爸水生夫妇。

"三爸咋个没来？"我问贵生。

"他不真的走，"贵生俯我耳边悄声道，"他要回来的。"

三支蜡烛点燃，几片黄纸焚化，贵生领众跪下。

"阿妈……"贵生刚一开口，便已泣不成声，"您在这里活了八十六年，您的儿孙……要远走他乡了……"

众人在坟前哭成一片。

"阿妈，您把我们从一尺五寸抚养成人，我们成人了，却要搬起走了。"大哥德生抹一把涕泪，颤抖着双肩说，"阿妈，我现在都七十五岁了，您知道，我是不想丢下您啊！"

自古天地间

就铺展着一条

感恩还愿的神路

2008 年 5 月 12 日，四川省汶川县发生 8 级特大地震，造成几十万人伤亡，经济损失几千亿元，波及大半个中国及亚洲多个国家和地区。位于震中汶川县的夕格五寨，损失却不大。在夕格人看来，这得益于祖先神灵的护佑；得益于夕格人没有对天地神灵过分的冒犯。

从山下的龙池谷地回到山寨之后，释比贵生和大哥刮斯姆德生领着永顺、永富几人，来到崴孤山头的玛比神庙遗址祭拜玛比，感恩天地神灵。

据说从前，夕格人从大西北沿岷江来到龙溪山谷，最先选择的就是三面绝壁、易守难攻的崴孤山头落脚，后来才逐渐分成小寨子（崴孤）、大寨子（然格波西）、牛场（崴日给）、新房子（勒格）、龙堂坝（叶给）五寨居住。神庙供案上人头大小的白石代表玛比。德生点上香蜡、插好愿旗、献上刀头（槽头猪膘），永顺、国顺铺好柏枝，永富点燃柴堆，贵生开始向诸神汇报灾情：

"哎……尊敬的玛比及您所领的十二家神、牛场的山王神、大寨子的土主神、新房子的地盘业主神、青杠林洞穴中的川主神、斗母娘娘、催生娘娘……今年发生那么大的地震，造成几十万人伤亡，承蒙神灵护佑，我们夕格五寨损失并不大，房屋少有垮塌，有两人在寨外死亡，有五六个人、四五头猪、一两匹马受轻伤。祈愿我们明年眼无尘霾、手脚无伤、再无天灾啊！"

火苗窜起，晨光洒落，贵生脚踏禹步，手击羊皮鼓，唱起《感恩还愿之歌》：

哎……

神旗已经展开　柏枝已经铺就

我在香柏枝上跳起感恩还愿的舞蹈

晨光乍现　阳光铺满天地

自古天地间就铺展着一条感恩还愿的神路

这条神路　如今依然向你展开

我戴着金丝猴皮帽

穿着羊皮大法衣　击鼓舞蹈

我的皮靴踩踏着愿舞的节拍

阳光铺满天地

此刻　不是我在舞蹈而是神在舞蹈啊

你可以笑我　笑我的羊皮鼓

但不能笑神哩

喘着粗气露着满口白牙

我不远千里来朝圣

我昼夜兼程来感恩

普照万物的太阳 请接受我的愿物

生长万物的大地 请接受我的礼敬

感恩神 感恩每一个平凡的人

每次释比主持完祭祖或敬神还愿仪式后，刮斯姆德生总要向祖先、神灵说上几句。见贵生停下舞步收起羊皮鼓，德生便上前面向白石跪下，照例是先摸一摸脖子、扯一扯耳朵、清一清嗓子，然后才缓缓诉说：

"各位神灵，我在这里也说两句，天上您在管，天上和地下总是有关系的吧？这个世道也就这样了！今天来敬你们，只是希望人神欢喜和睦。人好过，神才能受到供奉，不然咋个做呢？老百姓都不好过，哪个来敬神呢？我这样说，请各位神灵不要见怪啊！"

我这样做是为了
让人明白人鬼神
相通的道理

四个月之后，官方公布了一份统计数字："5·12"汶川大地震共造成 69 227 人死亡，374 643 人受伤，17 923 人失踪，直接经济损失 8 451 亿元，是中华人民共和国成立以来，破坏力最大的一次地震。

除人员伤亡、财产损失之外，大地震给重灾区的亲历者造成的精神、心理的冲击与创伤程度，却没人能得到一个精确的统计数字。半年之后，灾后重建工程很快全面展开，灾民们从惊恐和伤痛中渐渐复归平静。

转眼之间，农历己丑年春节已近。这天，巴夺寨的余永清来到夕格寨贵生家。永清三十多岁，为人热情，写得一手好字，国画、摄影也不错。我没见他之前，就在一些刊物上读过他的诗和一些关于羌族释比还愿仪轨的文章。

永清见火塘边人多，便把贵生请到门外。

"姑父，我哥哥在地震时受了惊吓，现在还魂不守舍、疯疯癫癫的。只有请您出马，去拯治一下才得行哦！"

"没找医院？"

"都在医院住几个月了。临到过年，嫂子把他接回家。大过年的，家里有人疯疯癫癫的，咋个好呢！"

"唉！"贵生长叹一声说，"永学的腿伤了，我没个好办法，最后到医院截了肢才算了事。你哥哥这些事情，医院又没个好办法，要来找我。"

　　永清接上贵生来到垮坡寨，取了摩托沿山路蜿蜒而下，不到一小时就到了巴夺寨。此时，永清哥哥家火塘里已燃起大火，永清扶哥哥在火塘边的木条凳上坐下。贵生解开随身携来的一条麻袋，取出一只耕地的铁铧。火塘里的柴火噼噼啪啪燃得正旺，贵生将铁铧埋进火塘，转身焚香供灯、烧纸请神——

> 哎 尊敬的火神、家神、世间诸神，
>
> 余家今晚来请我，请诸神助我一臂之力，
>
> 把病人的邪秽惊魅送到八山九梁外。
>
> 神灵啊！现在不信鬼神的人太多，
>
> 我这样做，
>
> 也是为了让大家明白人鬼神相通的道理。
>
> ……

　　请过诸神，贵生向周围扫视一遍，端起桌上的瓷碗，对着碗中清水轻轻一吹，一圈圈涟漪在碗中推荡开来。

　　"……"

　　贵生对着层层推荡的涟漪悄声念起密咒。

　　念毕，贵生放下水碗，见铁铧在火焰之下已烧得通红。他

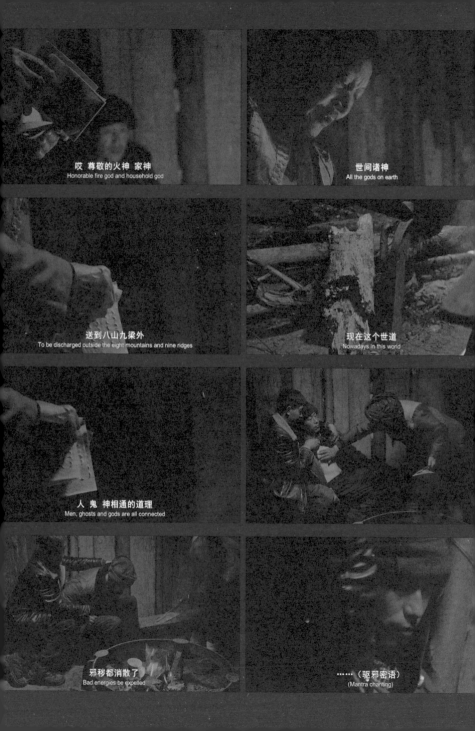

哎 尊敬的火神 家神
Honorable fire god and household god

世间诸神
All the gods on earth

送到八山九梁外
To be discharged outside the eight mountains and nine ridges

现在这个世道
Nowadays in this world

人 鬼 神相通的道理
Men, ghosts and gods are all connected

邪秽都消散了
Bad energies be expelled

……（驱邪密语）
(Mantra chanting)

我便来请诸神给病人驱邪治病
So I ask for all gods to expel the patient's illness

喔 把国治的邪秽病毒
To expel bad energies and illnesses out of Guozhi

不信鬼神的人太多
Too many people no longer believe in gods and ghosts

我这样做是为了让大家明白
I only do this so that people will understand

埋下来 让他把头埋下来
Push his head down

喝三口 剩下的倒在火坑
Drink three times. Pour the rest on the fire

渣渣不要怕
Don't worry about the dregs

俯身拿起火钳，"嘡" 下将铁铧夹出，尖锐的铁铧像一座喷涌着红色岩浆的火山立在贵生眼前，绚丽的光亮如落日余晖里一抹妖艳的霞光映照在贵生脸上，连整个火堂都明亮起来。贵生双目圆睁，观察着铧身不断剥落的碎屑，和明明灭灭刹那变化的光影。

"噗！"贵生伸出右手，忽地向通红的铁铧拍去，五颜六色的火星从贵生掌心飞溅起来……贵生挥手示意永清撩起病人的上衣，"噗……噗……"又照着燃烧的火山连拍两掌，一串串火星从贵生掌心再次飞起，在火堂上空四散飞扬起来。

贵生上前一步，用被铁铧烙热的手掌在病人胸腹摩挲片刻，退后一步举着红铧，在空中画出三圈红色的光焰，"嘡……"铧尖一转向病人心窝刺去……

病人大惊，双手紧紧护住胸口。

红色的铧尖在心窝前倏然停下，贵生威严地逼视着病人惊恐的双眼。见病人的眼神依然在惊恐与无助间飘忽不定，便将铁铧收回，举在眼前再次察看铧身不断变化着的斑驳图影。

"嗞……"

正目不转睛观察着铧身明灭变化的贵生，忽然一伸舌头，直向铁铧舔去。一缕青气从贵生的舌面飘起。贵生闭目凝气，将口中唾液向病人胸腹"呸"一声吐去。

"嗞……嗞……"

贵生又舔两舌，两缕青气飘过贵生的眉眼，袅袅地，消失在他头顶的暗影里。

贵生将铁铧放在脚边，端起桌上的瓷碗，含一口念过密咒的清水。"噗！"脖子一伸猛地向病人裸露的胸腹喷去。病人胸腹一颤，口鼻中似有一丝黑气吐出。

"嗯！"贵生点了点头，脱下棉鞋伸出右脚又向铁铧踩去。

"叽……叽……"

赤裸的脚掌从铁铧上滑过，似有万千虫子在暗夜里低鸣。贵生抬起腿，将烙热的脚掌在病人的胸腹轻轻抚摩着，病人紧耸着的双肩缓缓沉下，眼里的惊恐渐渐退去，随之闭上双眼，任由贵生的脚掌在胸腹游移。

贵生夹着铁铧走出火堂。木门半掩，凉风袭来，苍茫夜色里，传来贵生拨弄铁铧、念诵密咒的声音……

几分钟后，贵生夹着铁铧回到屋内，把剩余的半碗清水端给永清：

"给他喝下去，各种邪魔惊魅都不会近身"。

病人不再像之前那般慌张惊悸，顺从地接过瓷碗，喝下碗中清水，把头靠在永清臂弯里，沉沉睡去。

（九年之后，我带着《寻羌》剧组再次来到巴夺寨，一进寨便见了永清的哥哥……。此是后话，暂且不提。）

肆

驱邪伏魔的水生，
被灰熊挖掉了
半只鼻子

三十多年前，一位叫彭文斌的年轻人来到夕格，三哥水生的新婚妻子一见，惊叫一声哭喊着跑回家里向丈夫报信："赶紧躲起来啊，又要说你搞迷信活动要来斗你啦！"

（这位为写硕士论文，只身到夕格寨作田野考察的西南民大学生彭文斌，许多年后成为知名大学教授、人类学学者，此处按下不表。）

水生是贵生的三哥，在"文革"前期的"破四旧"运动中，屡遭游斗。有一年过哈足莱吉几足昔（十月初一，后定为羌年），十岁的水生得了一串父亲从威州买来的鞭炮，天蒙蒙亮就与堂兄福生一起，到寨子上首的山王庙祭拜山王神。来到庙门前，只见那青石雕成的骑虎山王，在黎明的微光中怒目圆睁、威风凛凛，兄弟俩顿生几分敬畏。水生上前两步去献刀头（用来献祭的槽头猪膘），福生退后两步点燃鞭炮。

"嗷呜！"

水生正要将手中的刀头放上供案，忽听一声虎啸从神像背后传来。兄弟俩对望一眼，将目光投向神像背后的那三棵粗壮的杉树，树枝晃动，虎影绰绰。

"嗷呜！嗷呜！"

又两声虎啸盖过鞭炮声响从树下传来。

兄弟俩一转身，撒腿便逃。

水生父母听到屋后异响，正要起床，"嘭！"房门忽被撞开，两个人影扑爬跟斗跌进屋来。借着黎明的微光一看，原来是水生、福生兄弟。二人立在床前喘着粗气，浑身尽是泥泞。水生母亲点燃松油灯一照，那块方方正正的槽头猪膘，在惊魂未定的水生手中，已被捏成了一根油漉漉的油条。

"天都还没大亮，"水生父亲提着裤子，在水生、福生屁股上各踢一脚，又伸出食指戳着二人的额头说，"你俩就敢去惊动山王？就敢在他面前放鞭炮？"

谁也没有想到，许多年之后，水生与福生目睹山王显灵的故事，被来到山寨"破四旧"的工作组看中。他们不是和村民们一样，把这个故事当作茶余饭后的消遣，而是敏锐地察觉到通过这个故事，就能顺藤摸瓜挖出高山羌寨旧思想、旧文化、旧风俗、旧习惯的毒瘤。果然，功夫不负有心人，经工作组明察暗访，水生给人"踩铁化水""打扫房子"，搞封建迷信的罪证很快被挖了出来。工作组如获至宝，带了几个积极分子闯进山王庙，把骑虎山王一劈两半，再将几十斤重的山王头往水生脖子上一挂，开始游街示众。

工作组和几个积极分子推搡着水生，在夕格五寨和垮坡、神树两寨之间荒草丛生的山路上，呼喊着革命口号上坡下坎来回游斗。可沿途围观的"群众"，大多是那些好奇的麻雀、松鼠、牛羊、野猪之类。这让工作组很是失望，他们押着水生回到牛场，从水生脖子上一把拽下山王头，扑通扔进杨家的茅坑，愤然离去。

这晚，大哥德生翻来覆去睡不着。窗外，月光将远山照得如同白昼。德生穿好衣服轻声出门，提着白天准备好的柳条兜子来到茅坑边，一伸手将山王头捞了出来。他四下一望，山谷间一片寂静，只有月光静静地照着。德生一转身，提着山王头向寨子北面的山溪奔去。

来到溪边，德生从柳条兜里取出山王头冲洗一遍，然后 抓一把细沙开始擦洗山王的头顶、额头、面颊、脖子……山谷里安静极了，月亮静静地给德生照着，德生静静地清洗。冲去细沙，山王的脸面在月光下泛着光亮，德生又折一根柳枝淘洗山王的鼻孔、眼窝、耳根……大约过了两个时辰，德生见山王渐已恢复往日的神采，心生欢喜，便枕一块光洁的卵石躺下，披着月光，伴着重归洁净的山王睡去。

月光下，德生拽着山王的腰带，水生在身后紧抓着德生的双肩，三人骑着山王的坐骑（那只长着雪豹长尾的公虎）在夕格五寨上空飞行。"哈哈哈……"明亮的笑声在月光朗照的山谷里飘荡，惊得鹞子、老鹰扇动着翅膀在林崖间乱飞；惊得豺狗、老熊撒开腿爪在青稞地里乱窜。山王把头盔握在手中挥舞，长发在兄弟俩的头顶呼呼飘飞。"糟啦！糟啦！"德生回头一看，是水生在身后惊叫。顺着水生的手指往下望去，德生看见父亲、母亲、四弟贵生……一群山民在山王庙前挥舞着双手，大张着嘴巴仰着头在奋力喊叫着什么，两名工作组的人朝空中扔着石块；积极分子王二娃举着鸣火枪，正眯着左眼歪着嘴巴向空中瞄准。德生用力拉扯山王的腰带，山王回头一笑，全然不顾兄弟俩的喊叫。"撒尿啊！"水生在身后叫喊："撒尿啊大哥！尿熄王二娃的火药啊！"德生一手抓着山王的腰带，一手掏出因纵情大笑而兴奋粗壮起来的阳具，握在手中抖了几抖，憋了半天却怎么也撒不出尿来。

"撒呀！大哥快撒尿呀，枪要响了！"

德生一急，从梦中醒来。没听到枪响，耳畔传来的，是淙淙的溪流声，和啁啾的鸟鸣。德生睁眼望向天空，清柔的月亮已换成了刺眼的太阳。德生顾不得撒尿，抱着山王头径直向家里跑去。

没几天，工作组带着几个积极分子找上门来，他们把德生半夜从茅坑里捞起山王头，抱到溪边清洗，又藏匿家中的经过说得一清二楚。德生纳闷：咋回事呢？难道是月亮或太阳告了密？

这次，几十斤重的山王头，挂在了大哥德生的脖子上，三弟水生成了陪斗。工作组吸取教训，不再在鸟兽出没的山路逗留，押着兄弟俩直奔东门口改土造田工地。东门口改土造田工地集中了从龙溪公社各生产队抽调的好几百名青壮男女，每有"当权派""走资派"被押至此处批斗，满身尘土的青年男女必定群情振奋、斗志昂扬，口号声震得山谷嗡嗡作响。

"这两兄弟都是老实人，他俩一没官，二没文化，斗起来有啥意思？"众人一看押来的是德生、水生兄弟，大为失望，斗志顿消。

说起这段经历，大爸德生总是呵呵一笑："以前那些事情，笑人哦！"笑过之后，又会"唉！"叹口气说："那些人啥子都不怕，哪个都敢斗！后来，哪一个落了个好下场呢！"但对三哥水生来说，这段经历在他的内心似乎留有极深的阴影。在之后的几十年里，他从不参与寨中的节庆、还愿活动，也不轻易接受记者、学者采访。

说来也怪，长于驱邪解秽、降伏邪祟的水生，对几名工作组成员的游斗无力反抗，还被一头灰熊挖掉了鼻子。

大约在十五年前的一个初秋，一头体形硕大的灰熊，从阳顶山下的密林，大摇大摆地来到夕格五寨即将收割的庄稼地里，终日吃喝玩乐、撒欢打滚。没几天，山地里一片片蓬蓬勃勃的庄稼便在灰熊的享乐挥霍下，变成了一张张草毡泥毯。村民们这才觉察到事态的严重，紧急召开会议，迅速施以扎茅人、吼号子等恐吓战术应对。但灰熊并不把这些山民放在眼里，对扎茅人、吼号子之类的伎俩视而不见，充耳不闻，以为儿戏。这灰熊一根肠子通屁眼，那些摇曳生姿的麦穗、豆角，被灰熊呲牙咧嘴揽入腹中，转眼之间就变成一堆堆粪便堆积在地里，麦粒和豆瓣清晰可辨。

是可忍，孰不可忍！为捍卫一年的辛劳成果，村民们决定奋起反击。这天，全寨老幼倾巢出动，有的拿刀、有的握棒、有的捡石块、有的举明火枪，采取分进合围战术。老人、妇女、小孩站在远处击碗敲盆，呐喊助威。

灰熊以为村民们又来虚张声势，斜睨一眼，自顾摇尾憨吃。

"砰！"

一声枪响。灰熊忽觉腹部被重重一击，一股从未有过的疼痛从腹部向全身扩散。"嗯，看来这人类并不好欺，之前的扎茅人、吼号子，原来是'勿谓言之不预'"。灰熊自觉不妙，忍痛逃入林中。

村民们如一群得胜的军士振奋起来，山谷里一时喊声四起。水生提棒跑到崖边高地，正转动眼珠搜寻着灰熊的踪迹，"嗷……"忽听身后一声吼叫。一回头，一只巨大的熊掌已拍到眼前。水生举棒相迎，"啪！"的一声，手中的棍棒应声打飞。水生转身欲逃，一见前面是百米悬崖，只得回身挥舞拳脚和灰熊扭打在一起……

悬崖高处，人熊拳掌相搏，转眼间打入崖边密林中，不见了踪影。

山谷里一时静如寒蝉……

一众山民正屏着呼吸引颈张望，忽见水生与灰熊从密林里又打了出来，"啊！……"妇女们的尖叫在山谷间再次炸开。眨眼间，只见水生和灰熊扭打成一团如飞鹰脱爪的猎物，从山崖高处凌空飞落。

夕格山谷再次陷入沉寂，一众山民好半天才回过神来。男人们赶紧拿枪握棒向山崖下跑去。几个胆大的持枪壮汉近前一看：身形肥硕的灰熊已奄奄一息，水生躺在灰熊身上喘着粗气，满脸血肉模糊。众人上前为他止血，这才发现，水生脸上少了半只鼻子。

伍

一个释比不喝点酒，
怎么和鬼神通灵？

我与贵生第一次见面，是在成都金沙遗址西侧的"羌绣就业帮扶中心"。

大地震之后，成都高屯子文化机构联合"壹基金"，在阿坝州政府支持下发起"羌绣就业帮扶计划"，成立"羌绣就业帮扶中心"，帮助灾区妇女就业。2008年11月初，帮扶计划参加在北京举办的"博鳌公益论坛"，邀请贵生和巴夺寨的皮鼓舞传承人朱金龙去表演释比皮鼓舞。那天午后，我刚到中心，见接待人员已将初到成都的贵生和朱金龙安排在接待室休息。二人头裹黑帕、身穿羊皮褂、腰系兽角铜铃、脚蹬云云鞋，身边放着羊皮鼓和神杖，手中握着足有三尺长的烟杆，一边抽烟，一边打望着窗外来来往往的人流。

我没去打扰，掏出手机正要给二人拍照，这时，黄龙风景区管理局的书记红音来访。一进门，她就被窗边的两位羌人吸引。

"哎呀，你这个塑得好！比我们游客中心那个塑得逼真，太像了！"红音走上前去，"哦哟你看，这胡须一根一根的，这脸上的皮肤还在冒油！"

贵生专注着窗外，忽觉有人摸自己的脸，转眼一看，竟是一位文静姿雅的女人。他不便发作，只"叭"地咂了一口长烟杆中的兰花烟。

红音正专心赏析品评，忽见眼前的塑像眼皮一翻，眼珠一转，口中吐出一股呛鼻的青烟来，吓得跟跄着倒退几步。我敢紧上前扶住，才没摔倒。

大地震之前的十来年间，常有县乡官员和人类学学者、摄影爱好者爬坡上坎来到夕格寨考察采风。贵生父子和大部分村民一样，常年和牛羊、野兽、庄稼打交道，城里人却是稀罕物。既是稀罕物，自然就好奇，就想去了解，想探个究竟。月深日久，父子俩发现：同样是城里来的人，看到的是同一个山寨、接触的是同一群山民，他们的印象和态度却迥然不同。那些人类学学者、摄影者对夕格村民敬重祖先神灵、爱惜飞禽走兽、讲究重义孝道的民风礼俗赞赏有加；特别是看见贵生家族的释比传承历经数代不绝，更是赞不绝口。说如此珍贵的文化遗产得以保存，得感谢夕格寨山高路险、不通公路！而那些上山检查工作的乡干部看法却不同：什么"民风古朴、释比文化"？简直就是愚昧落后！这"山高路险、不通公路"非但不能感谢，而且还应该诅咒。它使夕格老百姓生活不便、信息不灵；使上级下达的"村村通公路"任务，迟迟不能实现！

三年前，父子俩被邀请到汶川县城附近的萝卜寨为游客表演释比皮鼓舞。萝卜寨先前和夕格一样，民风淳厚、民居古朴，寨中也有释比，也有东岳庙、龙王庙，由于全寨连成一片的黄泥民居奇特别致，又靠近县城，被开发成旅游村落。

表演之余，贵生、永顺喜欢与当地村民、外地游客嗨吹神聊，打听对方挣钱门路、介绍本地奇风异俗。永顺这期间心情不错，每次表演结束，总有不少游客前来与自己合影。那些美女游客在合影时，总爱把柔软的胸脯紧贴在自己臂膀，让篷松的发丝在耳畔轻挠。这些女人身上散发着一种庄稼人少有的香味，让人沉醉，又心神不宁。

但父亲贵生却终日心事重重，没满一月，就拽着永顺回到了夕格寨。

"释比的羊皮鼓，是祈请祖师、召唤鬼神时才敲的，怎么能一天有事没事随便敲打呢？"

贵生见永顺怅然若失、闷闷不乐，只得耐心开导："鬼神听到鼓声以为你要感恩还愿；以为你消灾治病需要帮忙，赶来一看，你在和一群游客打打闹闹……"

接触的人多了、见的世面广了，贵生父子的见识随之大增。但随着见识的增长，烦恼和困惑也随之而来。比如那些官员、摄影者对夕格该不该修公路各执一词，究竟该听谁的？释比的羊皮鼓，该不该拿来给游客表演？自家的释比传承是民族文化，还是封建迷信？两年前贵生收了大儿子永顺、小儿子永学、侄子永富等六个徒弟，开始利用农闲和晚间教授释比敬天还愿、驱邪治病的唱词、仪轨。从萝卜寨回来之后，永学和另几位兄弟渐渐地便隔三岔五找各种理由逃课，再往后，授课也就停止了。

渐渐地，一向喜欢嗨吹神聊的贵生父子，变得沉默寡言起来。贵生父子俩郁闷着，正愁无人开解，这天，阿坝师院的陈安强爬上山来，请贵生去说唱释比史诗。

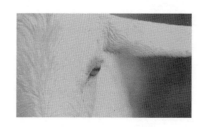

金丝猴说：

把白羊杀了绷个鼓

安强把贵生接到汶川县城的租住房里，整理"释比史诗"。贵生说唱，安强用国际音标记下唱音，两人再逐字逐句译成汉语。

安强是龙溪沟瓦戈寨人，和贵生是亲戚。安强在西南民族大学读书时学的是人类学专业，毕业分配到阿坝师范学院，参与学校的羌族文化研究项目。第一天很顺利。贵生说唱了五六个小时，约有三百诗行。到第二天早上，贵生唱了几句就忘词，磕磕巴巴唱不下去了。安强赶紧泡浓茶点兰花烟殷勤伺候。过一会儿再唱，还是唱几句就忘词。

"表叔，"安强小心翼翼地问，"是不是你晓得的都唱完了？"

贵生恨了安强一眼，起身向门外走去。

安强以为贵生出门，只是上街买点兰花烟散散心。可直到天黑，贵生还没回来。安强到街上寻找，走了几条街问了几批人也不见贵生的踪影。打电话问城里的亲戚，也没有贵生的音讯。

第二天下午，安强正呆坐沙发捧着脸发愁，忽听有人敲门。开门一看：贵生肩上挎着羊皮鼓站在门口。贵生挤开立在门口发愣的安强，进屋往椅子上一坐，喊一声："录音！"

安强赶紧打开录音机，拿起笔和本子。

见安强准备停当，贵生把羊皮鼓抵在心窝，"咚！"一挥鼓槌，"咚，咚咚！"高声唱诵起来——

尊敬的释比师父　释比师母

我将唱诵《木姐》这一章

我在唱诵时若有遗忘

请在我眼前示现

请在我梦中提醒

请在我心里启示

…………

哟嗨！斗安珠一箭射中了黑斑鸠

九粒种子躺在斑鸠的嗉子里

哟嗨　斗安珠取出种子去见玛比

天神玛比啊　终于无言以对

尊敬的天母开了口

我的女儿啊　你就嫁给这猴子吧！

哟嗨！天女木姐珠与灵猴斗安珠

喜结良缘　满心欢喜

亲爱的女儿你要听仔细

这三块白石要放屋顶

带上香柏种子 青稞种子 小麦种子……

赶上牛马 赶上猪羊 赶上飞禽 赶上走

兽……

像竹根一样繁衍

像柏叶一样生发

人丁兴旺 六畜成群 五谷丰登

亲爱的女儿啊 有三句话你要听仔细

尊敬长辈爱幼小

和睦相处别争斗

房屋粮食要珍惜

哟嗨！白云在山巅等候你

邀请释比到人间

驾着白云下凡去

贵生一口气从下午三点唱到六点，才停下歇息。

"表叔，咋这么神奇呢？"安强惊奇不已，"是啥子道理呢？"

贵生没有言语，静静地把羊皮鼓放在桌上，又把鼓槌轻放在鼓面。他接过安强递上的茶杯，轻抿一口。

"前天到这儿来摆龙门阵的那个人，是你们学校的老师？"

"嗯！我们学校教历史的老师。"

"他说人是猴子变的？"

"人家达尔文说的。"

"达尔文？达尔文也是学校的老师？"

"不是哦，一个英国人，死都死一百多年了！"

"哦！"

"释比又是咋说的呢？"

贵生从怀里取出一个小皮包，他解开皮绳，从包中取出一本书轻轻地放在鼓面。这是一本用黄麻纸和麻布对裱的手绘本，边角已有些残破。贵生翻开一页，纸面和衬布泛着年深月久的淡雅色泽，其中的彩色图画却依旧色彩鲜艳，大约是矿物颜料所绘。

"你看嘛！"贵生指着图画："天神玛比同意把小女儿木姐珠，嫁给人间的斗安珠。斗安珠呢，唉，又猴子一样！木姐珠把天上的野物些吆起，斗安珠背着五谷杂粮的种子，一起就到人间。后面这个是阿巴锡拉，背着经书。"

安强近前看：一个古装少女和一个形似孙悟空的人形猴子，驾着祥云赶着一群似牛非牛、似马非马的动物。一个头戴圆帽、身背书卷、脚踏深灰色圆盘的长者跟在两人身后。

"你看，"安强指着背书长者脚踏的圆盘说，"他脚踩的这个像外星人的飞碟。"

"阿巴锡拉就是飞铁祖师的意思。"

贵生又翻一页，斑斑驳驳的画面上，阿巴锡拉倚树而睡，背上的书卷放在身旁。一只金丝猴在树上悠然俯看，一只白羊站在不远处张望。

"阿巴锡拉飞到雪隆包，歇下来。"贵生手指画面，"你看，他睡着了！一觉醒来，哦嘛！经书不见了！"

贵生再展开画页，是"礼敬神灵、诗章礼仪、衣食住行、生产农事、招魂归命、治病安神、感恩还愿"几个篇目。之后是一只端坐在树枝上的金色猴子。

"你看，这只金丝猴给他说：'不要找了，你的书都被那只白羊吃进肚子里去了！'阿巴锡拉是玛比让他带着经书，来帮木姐珠、斗安珠兴家立业的，经书没有了，咋个做呢？"

"咋个做呢？"安强问。

"你看，金丝猴就给他说：你去把那只白羊杀了，用羊皮绷个鼓，经书里的内容记不起来，你就敲鼓，鼓一敲，就想起来了！"

"哦！"安强恍然大悟。

"以后……"贵生收起绘本："我们释比感恩、还愿、敬天地，都要敲羊皮鼓，金丝猴皮帽戴起，金丝的脑壳当祖师来供。"

从此以后，说唱与记录如行云流水，二人自是得意欢喜。

一天，派出所的警察忽然闯进门来，先是对着贵生的羊皮鼓、安强的笔记本、录音机一一拍照，接着又抽屉背包一一检查一遍。才说，有邻居举报你二人在家里搞封建迷信活动，搞"法轮功"，现在人证物证俱在，你们咋个解释？

释比贵生常与鬼神通灵，能说动鬼神与人方便、为民消灾；教师安强为人师为人夫，能为学生解惑、能哄老婆欢喜。但此时此刻，两人费尽口舌、百般解释，也难让警察相信自己眼下所做的，是"一项非常重要的民族文化抢救工程"，绝不是什么封建迷信，不是"法轮功"。最后，还是安强打电话请来师院和汶川县文化局领导担保，并拿出国家社科基金《羌族史诗说唱传统研究》批文，两人才重获自由。

半年之后，安强来到夕格寨贵生家。

"表叔，请您说唱了两个多月，我记录整理出来，都在这六本里面。"

安强指着从背包里取出的六本书稿说："一共一万六千多行。"

贵生看了看那一摞书稿，足有一拃厚，"唉……"叹口气说：“我记得不全，你那儿又不清净。”

　　“已经很了不起了！”安强却很满意：“跟那些世界著名史诗比，也算比较长的了！”

玖

怪不得外国人爱叫：
　　OMG！
　中国人爱喊：
　我的妈呀！

春节前夕，我和诗人羊子、摄影助理严木初、旺甲来到夕格寨贵生家过年。贵生一家热情接待。羊子本名杨国庆，是汶川县文体局的副局长，贵生父子之前在萝卜寨为游客表演皮鼓舞时，就听说羊子的诗写得好，还知道容中尔甲唱的那首《神奇的九寨》的歌词，是羊子写的。

来自不同家庭的四个人，来到同一个羌寨人家过年，非比平常走亲访友，主客之间不免有些拘谨。大家在火塘边宽大厚实的木凳上坐下，各自捧着茶碗一时相视无语。

"咳！"贵生轻咳一声，起身到神龛下的柜子里取来一壶烧酒、六个酒杯。这酒是永顺和妻子彩文前几天赶着小红马去办年货，才从山下的东门口打来的。酒斟满，贵生取一杯举起：

"哎呀，山上的野物要狗去撵，心里的话要酒来撵。不把心里的话撵出来，我们一个看着一个，脸上也看不出一朵花来。来来来，大家端起杯子，喝起！"

"来来来，喝起！喝起！"

永顺母亲和妻子彩文早预备好了下酒菜：一盘烟熏腊肉、一盘凉拌蕨苔、一盘清炒羊肚菌。腊肉野菌、入口，透出一股山野的清香。"猪是我们自己喂的，蕨苔和羊肚菌是永顺和彩文热天里在山上采的。"永顺母亲一一介绍着端上来的菜，"没喂过催肥饲料，没打过农药，你们放心大胆吃！"

贵生的烧酒虽略有焦味，但入口不冲，酒味醇厚。配上肉味十足的腊肉和清香可口的蕨苔、羊肚菌，让人一下又感受到了山村的温暖与亲切。

酒这东西果然神奇，三杯两盏入口，彼此间的拘束、矜持，不经意间便转化成了亲近、随和；平时累积在胸的重重心事，也真如猎狗撵出山林的野物，一只只向嘴边奔涌而来。片刻工夫，火堂里已是一片欢声笑语。一向腼腆少言的严木初，此时已和永顺把臂扶肩、称兄道弟。

"你家里供不供呢？"

贵生见我一直在观望火堂上首的祖宗牌位，便问："成都这些大城市里的人，家里供不供呢？"

"城市里的人堂屋上把位不供祖宗牌位，都供个电视机。"我说，"但老家一直都供的。我十三四岁开始，每年过年都给每家每户写对联、写祖宗牌位。父母不在了，这些年就很少回老家过年。"

"嗯！你十三四岁就给每家每户写，那好，"贵生把长烟杆一收说，"那今年就请你来给我们写！永顺，去把你买来的红纸、笔墨拿出来。"

永顺在方桌上铺好红纸，我提笔蘸墨正要落笔，"等一下！"贵生把手轻按在我肩头说，"写天、地、國、親、師、位几个字，笔画上是不是有个讲究？"

"有讲究！"我说。

"大不顶天，下面的大字不顶撞上面一横。"我随说随写。"'地'不离土，左边的土和右边的也不能断开；'國'不缺口，'國'字外框不能缺口，國土要完整不缺；'親'不闭目，'親'字右边的目字不能封闭，亲人、朋友要相互关照，光明磊落；'師'不撇开，'師'字左上方这一撇不写或者要短，要尊师重道；'位'不离人，'位'字左边的人字与右边的立字要相连，立身做人做事，要守好本位、尽职尽责。"

我收笔立身。贵生偏着头端详片刻，"嗯！"点了点头，又将永顺已裁好的一联红纸铺在桌面说，"来来来，祖宗牌位两边的对子也一便写了：金炉不断千年火，玉盏长明万年灯。"

上午，永顺和彩文已把火堂四壁、屋顶、神龛的尘垢扫净。大家动手，很快将新写的"天地国亲师位"，贴在神龛中间的牌位上，两边贴上对联。永顺退后几步对着新贴的牌位端详一番，转身一笑说："我们在萝卜寨遇到一个北京来的老师，他带学生来考察。看到萝卜寨那些人屋头的祖宗牌位，就撇嘴，说这是原始信仰、自然崇拜。"

"这个老师是把祖宗牌位上的'天'，当成自然现象那个天空的'天'了。"我说，"中国文化里，'天'的含义很丰富。自然现象的太空叫天；宇宙生命的大规律大法则叫天理、天道；时间、空间叫今天、明天、南天、西天；宇宙的本体也叫'天'。"

"天呐！"正和着面的永顺母亲叹道，"这个'天'还有个说头呢！"

"怪不得哦！"严木初若有所悟，"怪不得那些外国人遇到事情就爱叫：Oh，my God！我的上帝啊！中国人就爱喊：我的天呐！我的妈呀！"

"是的嘛！"贵生说，"我当时就不服那个老师的说法。世上哪一样东西，哪一个人不是天生的？不靠天不靠地你活得下来？人又不是从石头缝缝里钻出来的，哪一个不是爹妈生养的？祖老先人都不晓得供，父母都不晓得敬，那不成了野物？人比野物些灵醒一点，晓得害羞、晓得礼让，晓得哪样做得、哪样做不得，还不是历朝历代老师、老人些教的嘛！你不敬这些敬哪个呢？"

壹拾

——

中国人都
那么重视过年，
原因在哪里？

昨晚与贵生父子煮酒论信仰，至深夜才各自睡去。早上醒来披衣出门，见一场大雪将山寨的山林坡地、房屋圈舍层层覆盖，整个山谷一片洁净。回望屋后的阳顶山，奇峰突兀的山巅被朝阳点亮，如一丛火苗将头顶的云天熏染得一片殷红。云影之间，一大片暖流漫过幽蓝的雪地向山下涌来。

此时，贵生父子已将门前和屋顶平台的积雪清扫，通往猪圈、牛圈、泉眼的路也已扫净。

"哎，不多睡一会儿？"贵生见我立在门前，上前问候。

"不睡了。昨晚上没听见下雪的声音呢？"

"还听下雪的声音？喝几口酒睡下去，打雷你都别想听到！"

严木初揉着惺忪的睡眼来到门前，他举着摄像机要拍贵生铲雪。"等一下。"贵生收起木铲，抒一抒衣领又扯一扯衣袖说，"我去换一件衣服。"

"杨伯，"我上前拍一拍贵生臂弯里的落雪说，"上次在成都跟你摆龙门阵没过瘾，这次来和你家一起过年，是想看一下地震以后，寨子里大家是咋个过年、咋个过日子的。你看嘛，我们现在年都在一起过了，就是一家人了。我们要拍就拍真的，又不是表演给领导看、给记者看，你说呢？"

"嗯！"贵生略一沉思，点着头说，"你这个话受听！昨晚上我和永顺就看出来一点影子了。你们不像是来浮皮潦草搞假场活的。嗯，那你们也不要见外，想要就要，想拍就拍。我们今天要先把祖老先人敬了、神敬了，再去给牲畜些打个招呼。过年了，人和神、人和牲畜都要欢喜和睦的。你看嘛，不管山上山下，中国人都那么重视过年，原因在哪里呢？"我正琢磨着贵生这是在自问自答，还是在向我发问？一转眼，他已转身进屋去了。

从山顶倾泻而下的暖阳，漫过崴孤山头的青杠林，滑落到贵生家楼房的灰色石墙，哗一下明亮耀眼起来。向东望去，太阳咚地从龙溪山头跳出来，刺着人眼向天心飘移。树枝上的积雪叭哒叭哒一团团摔落在地，留下一些水珠悬在枝尖闪着光亮，彼此映照。一颗水珠映照着枝芽间其他的水珠，其他的水珠又映照着这颗水珠；这颗水珠将映照了其他水珠的影像映照回去，所有的水珠和这颗水珠如因陀罗网，相互映照着那玄幻又真实的彼此……

珠光炫目，眼睑间似有泪珠涌出。一眨眼，凝在眼睫的泪珠，与树枝尖的水珠又映照在了一起，万千影像，重重映照，彼此互联……

我垂下眼帘，夜幕深重垂落。时间回到昨夜，月光落到枝头。那些悬在枝尖的水珠，那些凝在眼睫的泪珠，一颗颗轻盈地飞升起来，如纷纷扬扬的雪花，在苍茫夜空里飞旋、飘舞……

"还没睡醒？"

耳边传来永顺的声音，缓缓启开眼帘，是永顺带着儿子文理、女儿群星，拿着香蜡、刀头，跟在父亲身后正要上楼。

"还是雪晃眼睛？"永顺一笑又说。

我沉浸在月夜飞雪的境像中，微笑着，摇摇头。

贵生父子带着文理、群星来到楼顶纳撑前，点起香蜡、燃起柏枝、献上刀头，开始祭拜天地神灵。夕格五寨人家和岷江上游的许多高山羌寨一样，屋顶都有一座四五尺高的小塔，这就是"纳撑"。塔顶放一块人头大小的白石，代表玛比。高山羌人以白石代表神灵，屋顶中央、四角以及门楣，神山、神树林、泉眼、路口……白石放在哪里，就代表哪里的神。在此之前的十来天时间里，夕格五寨的长辈们，大都已带着儿孙到自家祖坟祭拜了祖先，到山头祭拜了山神，到泉眼祭拜了水神。

"玛比是天神？"我问贵生。

"他把木姐珠嫁给人间的斗安珠，才有了人烟……"

等白石前的柏枝燃尽，贵生顶礼三拜，起身才又说，"我们的古话，玛，就是人；比，就是祖先。释比敬天还愿的时候要唱'疏导洪水的是您啊玛比！'我们叫玛比启，你要叫他是天神也好、地神也好，说他是玉皇也好、大禹王也好，名字由你去安！"

文理今年七岁，群星五岁，早饭后兄妹俩拿着刚烙好的太阳馍馍、月亮馍馍，跟在父亲身后，蹦蹦跳跳地来到屋后那块足有自家楼房大的青石之下。永顺燃起香柏枝，把形似日月的两块馍馍合在一处摆放在白石前，开始敬神祈愿：

　　　　尊敬的羊神啊！

　　　　感恩您对我家羊群的护佑，

　　　　祈愿来年一只繁育成十只，十只繁育成一百只……

　　　　请赶走豺狼虎豹，请驱散鹞子老鹰！

　　　　头羊走到哪里，羊群就跟到哪里……"

敬过羊神，永顺带着文理、群星来给猪圈贴春联。此时，贵生正端着食料，依次慰问自家牲畜。

"争啥子呢争？这贪吃贪睡的秉性哪阵才改得了呢？"贵生立在猪圈门口，两头架子猪嚓着长嘴对他哼哼应付两声，又一头埋进食槽争食。"唉呀！"贵生叹口气，"也怪不得你俩个，有些人比你俩还好吃懒做哩！但人家这辈子叫人，你俩叫猪，前辈子欠下的债，怪得到哪个呢？"

提回猪食桶，贵生和老伴正准备着喂羊的玉米，那只头羊以角推门，身后跟着二十多只挤进屋来，笃笃笃用坚硬的蹄子敲击着松软的杉木地板咩叫成一片。"噢哦……噢哦……"贵生夫妇放下装满玉米的杉木升斗，抓着一只只毛茸茸的屁股，吆喝着把羊群推出门外。"不要吵了！"贵生吼叫一声，羊群立即停止咩叫，一个个仰头望着贵生。贵生进屋取来升斗，"这是给你们的年夜饭，好好吃啊！"贵生将玉米籽均匀地撒在门前平地，挤进低头觅食的羊群中间，拨弄着一只只柔软的脊背说，"地震过去了，二三月间下春雪时候的草料，也给你们备好了，你们就放心大胆地过个年！"

能和鬼神通灵，贵生自然不怀疑牲畜们能听懂自己的话。来到牛圈，贵生先给四头耕牛的角抹上清油，然后从竹兜里取出用麦麸和好的几砣牛食。"从大年三十到正月十五，每天都要好吃好喝伺候你们，这个规矩你们是晓得的嘛！"他一边喂食一边与牛谈心，"灾害过去了，日子还是要过起走，我们都一起欢欢喜喜和和睦睦过个年。开春了，耕地、播种还要依靠你们几个。到时候，我又给你们唱歌嘛！哪个叫我们都是劳碌的命呢？"耕牛停下咀嚼，望着贵生哞哞应着。"好嘛，那我不说了嘛！"

和贵生感情最深的是家里的小红马，夕格不通公路，购物、

卖货、施肥、驮柴，样样都要靠小红马上坡下坎驮运。贵生与它朝夕相处，情同父子。告别耕牛来到小红马身边，先给小红马戴上食料袋，然后张开十指梳理、抚摸小红马的鬃毛、面颊、脊背。"前辈子你是不是欠了我们家的债呢？不然咋个会到我家来受苦受累呢？咋个做呢？这就是命，亏欠你的咋个才还得上呢？只有以后我和永顺多承担一点，让你少劳累点。"贵生说完，抱着马头把脸贴在小红马的额头，半晌抬起头又说，"嗯，摇地震没把我们摇死，就算命大了！"

岷江上游的羌族，
是失散多年的犹太人？

"走，到楼上去！"

贵生"招呼"了自家的猪、羊、耕牛和红马之后，又来招呼我与羊子四人："楼上安逸，大爸和袁大爷也来了，我们上楼去把太阳晒起，龙门阵摆起！"

扶着木梯来到屋顶平台，果然是另一番天地，放眼望去，天空幽蓝碧净。葳孤山头的青杠林，完全不似昨日初见时的那般枯瘦，经过昨晚春雪的浸润，如享受了一夜欢爱的女子，丰润生动起来。树林与下方的青灰色山崖连成一片，在白雪覆盖的群山之中，如点染在洁净纸面上的皴笔墨痕。由一块块平顶石屋叠拼而成的山寨，被融雪勾勒成几张速写素描，散落在山谷里的几处台地。

"哦哟！"严木初左右一望诧异道，"比夕格还高的山上，都有人住哎！"

"那是马房寨。"贵生指着西南山寨说，"袁大爷就是从那儿迁来的。"回头指向东南方向。"那是直台，跥得有 500 多人，直台对面那是龙溪寨，龙溪寨顺沟进去，就到永清他们的白家夺、立别、巴夺、阿尔。往下，你看那是俄布、瓦戈，安强家就在瓦戈。再往下，就到布南、东门口了。"

"他们自古就住在这儿？还是从哪里迁来的呢？"严木初又问。

"自古？"贵生一笑，"哦哟，这个就说法不一了。我们有我们的说法，那些专家老师些又有他们的说法。"

永顺端来两根桦木条凳、两个杉木墩子，招呼大家落座。

"杨伯，你说到东门口，我倒想起一件事情。"我说，"民国时期，有一个英国传教士叫陶然士，他在东门口修了个福音堂传教……"

"嗯，我小时候听我爸爸摆过。"袁德才接过话说，"好像不叫陶然士，叫淘茅厕（si）。我奶奶还说，这洋人咋个取这么怪一个名字哦，可怜淘米淘金他不晓得，淘茅厕（si）！"

"不是淘茅厕（si）！"我说，"我看过汶川县志，当时大家叫他陶牧师，基督教的传教士一般就叫牧师。四川话牧师（si）、茅厕（si）音差不多。"

贵生说："怪不得的，我们夕格、马房这些寨子上，我阿妈那一辈的女人，山底下的话说不好的。"

我说："这个陶然士，他不只是个传教士，还是一位学者。他研究羌族，写过《羌族的历史、习俗和宗教》《工作在羌族人部落》这些书。他说岷江上游这些羌族人，是失散多年的以色列人，也就是说，是犹太人后代？"

"以色列？"永顺一听急了，"就是电视里一天到黑跟阿拉伯人扯筋割孽的以色列？"

"就是。"我说。

"切！"永顺不屑，"说我们是这些人的后代？他吹牛不要本钱哦！"

我说："他也不是随便乱吹的。他把龙溪、威州、绵虒、桃坪这一带羌族寨子的房屋观察了一遍，发现和古犹太人的房子一样，也是石木结构的平顶楼房，寨子里都有碉楼；敬天还愿、驱邪禳灾这些宗教习俗，和古犹太人也差不多，也是一神信仰不崇拜偶像，以白石、白纸来代表神。"

"嗯！"贵生说，"说得还有点巴谱。他们的祖老先人些走散了？"

我说："犹太人的祖先雅各，一共生有十二个儿子，这十二个儿子的后代发展成了十二个部落两个王国，北方的以色列王国有十个部落，南方的犹太王国有两个部落。后来北方的以色列王国被亚述人灭国了，这十个部落被放逐到很远的地方去。以后，就再也没有这十个部落的消息了，遗失了。犹太教和基督教是一个根根，所以信这两个教的一些人，千百年来一直在寻找这些人的下落。陶然士发现羌人有很多地方和以色列人一样，就说岷江上游的羌人，就是以色列那'遗失的十部落'中，其中某一个部落的后代。"

"嗯！"大爸听了点点头说，"可能的哦！"

贵生放下烟杆正要说话，永顺却先说了："我不同意他这个说法，为啥子呢？从电视里看，我们和以色列人长得就不一样。"

"都是人嘛！"袁德才说，"这个国那个国，这个族那个族，房子一样，敬神一样，也不奇怪的。不过说远了，也可能是一个根根。"

"你觉得他说得对不对？"永顺大约觉得三位老人的话模棱两可，没有明确的观点。回过头来问我。

"我先不做结论，先来说陶然士有个朋友葛维汉。"我说，"这个葛维汉和你一样，也不同意陶然士的说法。最早对三星堆进行发掘、考古研究就是由他主持的。他也到岷江上游的羌族地区考察，他说从体质人类学角度观察，羌族人并不具有犹太人后代的体质特征；从语言学上分析，也不属于西亚的闪含语族，而属于汉藏语系藏缅语族羌语支；从宗教信仰上看，羌族人也不是一神信仰；从历史记忆来看，中国历朝历代都非常重视历史记录，如果以色列一个大部落迁徙到岷江上游，怎么可能史书中没有记载呢？从中国的历史文献的记载来看，羌人最早是从东部向西迁徙，而不是由西往东迁。"

"嗯！"永顺点着头仿佛找到了知音。

贵生放下烟杆，欲言又止。半晌，才又拾起烟杆慢慢送到嘴角，缓缓张开嘴唇深深地吸了一口，与大爸一样转过头去，将目光投向崴孤山头，不再理会我们的述说、争论。

羌人祖先的征战、迁徙，犹太人祖先的放逐、离散，留存于汉字历史文献、羌语口头史诗，以及《旧约》圣经之中的那些往事，对于历史学家、人类学家来说，只是一种具有学术价值的历史事件。对于持诵史诗、主持刮沃、怀揣祖师遗训的羌人释比，对于虔诚的犹太教徒和基督教徒来说，一定有着与之不同的情感与信仰意义。而对于一位借助影像、文字语言来记录的追寻者来说，又意味着什么呢？

我们来看看犹太人的历史：

5000年前后，犹太人和阿拉伯人的共同祖先亚伯拉罕（易卜拉欣），由美索不达米亚平原来到迦南地，也就是现在的巴勒斯坦一带定居；

4000年前后，因躲避灾害，犹太部落迁往埃及尼罗河东部平原；

3300年前后，深受虐待的犹太部落在摩西带领下走出埃及，在西奈山接受"摩西十戒"，经40年漂泊回到应许之地迦南；

3100年前后，建立以色列联合王国。后分裂为北方以色列王国，南方犹太王国；

3000年前后，北方以色列王国被亚述王国所灭，十个部落遭放逐后不知所终；

2600年前后，南方犹太王国被巴比伦王国占领，几十万人被掳往巴比伦，成为"巴比伦之囚"；

2500年前后，波斯帝国灭巴比伦，犹太人获准返乡，重建圣殿；

2000年前后，罗马帝国禁止举行割礼、过安息日和阅读犹太律法，犹太人奋起反抗，遭大批屠杀、驱赶，被迫迁往世界各地，开始了长达近2000年的大流散。

中世纪，犹太人在欧洲基督教世界长期遭受宗教、政治、经济全面挤压。进入近代，欧洲兴起"反犹太主义"。二战时，纳粹德国发动种族清洗，近600万犹太人被屠杀；二战结束，大批犹太人回到迦南地（巴勒斯坦）。1948年，以色列终于复国。

我们再来梳理一下羌人的历史：

6000年前，"西羌"族群游牧于黄河中上游；

5000年前后，西羌部落的炎帝、黄帝部落向东扩展，与东蒙（东夷）部的蚩尤九黎部落在涿鹿会战，九黎战败，各部落融合；

4000 年前后尧、舜、禹 "三代之治" 时期，中原 "华夏" 部落联盟制形成；"禹兴于西羌"，大禹接受帝舜禅让建夏，疏通九河，治理水患；

3000 年前后，中原部落进入共主争霸、强者执政时期，兴于东部的殷商，称其以西部落为 "羌，周"（甲骨文中频繁出现表示落部、族群的文字 —— "羌" "周"）；

2000 年前后的秦汉时期，东夷、西羌（戎）、南蛮（越）、北狄（胡）、中国五方概念进一步形成，中央直辖郡县人群自称 "中国人"，边疆各族称其为 "秦人" "汉人"，而由秦陇向西大规模迁徙的族群，称之为西羌、氐羌、西戎；

1500 年前后魏晋、南北朝，在整个中国西部形成了广阔的 "羌人地带"：天山南路的婼羌、河湟流域的西羌、陇南蜀西的白狼、参狼、白马、白狗羌；川南滇北的青衣羌、牦牛羌……

1000 年前后的唐宋时期，吐蕃势力、藏传佛教由 "发羌地" 向东扩展，与中原文化在广阔的 "羌人地带" 上全面相遇，此后渐以 "蕃" 替代 "羌" "戎" "蛮" "胡" 等称谓，"羌人" 逐渐融入汉、藏、蒙古、彝、白、哈尼、纳西、傈僳、景颇、拉祜、普米、基诺、怒、独龙等民族之中；

500 年前后明、清时期，"凡百五十种" 的 "西羌"，只有岷江上游、湔江上游的一支基本沿袭古老的生活方式，保持着古老的文化传统，这些"羌民"在 1950—1954 年第一阶段民族识别中，被认定为"羌族"。这便是今天生活在岷江上游深谷高山之间的当代羌人。

两个古老民族，同样经历了数千年的迁徙、离散，犹太人流散于世界各地，失去了自己的国家，却能始终保持着自己的宗教信仰、文化传统和生活习俗，维系着一个民族的精神、文化绵延不绝，并产生了众多影响世界的伟大人物：

摩西，开创了古犹太教，奠定了希伯来文明的基础，影响了古希腊文明、欧洲文明的走向；

耶稣，作为世界上最大宗教基督教的创始人，全球 72 亿人，基督教信徒就占 23 亿多，其对人类的影响不言而喻；

马克思，他的理论、学说，深刻地影响和改变了 20 世纪，直至 21 世纪的世界；

弗洛伊德，他开创的精神分析学，奠定了现代医学模式的新基础，成为 20 世纪西方人文学科的理论支柱；

爱因斯坦，最伟大的物理学家，他提出的相对论，开创了整个现代科学技术新纪元；

量子力学创始人之一的玻尔、航天工程学家冯·卡门、绘画大师毕加索、现代派文学奠基人卡夫卡、诗人海涅、电影导演斯皮尔伯格、经济学家大卫·李嘉图、石油大王洛克菲勒、

金融巨商罗斯柴尔德家族、股神巴菲特、Facebook（脸书）创始人扎克伯格……

犹太民族只占世界人口的 0.3%，但诺贝尔奖获得者中，22% 都是犹太人。倔强、坚守、精明、要强，成就了犹太人的的机智、富有、伟大，也造成这个古老民族的长久离散。犹太人与阿拉伯人本是同根生，同是亚伯拉罕（易卜拉欣）的子孙，却互不见容于彼此。1948 年 5 月，以色列根据联合国决议刚一复国，就遭到四周阿拉伯国家的围攻，从 1948 到 1982 年三十多年间，先后爆发了五次阿拉伯国家围攻以色列的中东战争，巴以冲突至今难以解决。

基督教源于古犹太教，基督教的创教者耶稣及其众多弟子都是犹太人，但在其亡国离散的千年岁月里，却屡遭基督教世界的仇视、迫害，以致在近代的欧洲兴起"反犹太主义"，二战期间 600 万犹太人被纳粹屠杀。

而"羌"，无论黄帝、炎帝两大部落联盟间的阪泉之战，还是西羌部的炎黄联盟，与东蒙（东夷）九黎部蚩尤联盟的涿鹿之战，战胜一方都没有整体地驱逐、奴役、屠杀战败一方的族人，而是包容各部落的风俗、信仰、文化。战胜方的黄帝没有强用自己的飞熊图腾，而是将炎黄联盟各部落、九黎蚩尤联盟各部落的图腾归纳融汇，形成兼容并包的龙图腾。"兴灭国，继绝世，举逸民"的传统连续至商周、两汉。作为中华民族重要族源之一的"羌"，在几千年的迁徙中，不断地与其他族群汇流、融合。正如费孝通先生所言："羌"是一个向外输血的民族。正是"羌"的不断输血，促成了中华民族兼容并蓄的文化基因和多元一体民族结构的形成。中华五千年历史长河中的每一个英雄豪杰，当今十四亿中国人及众多海外华人，谁的生命里没有"羌"的文化基因、生命基因？

流散迁徙中的犹太人一路向西。在地中海沿岸的城邦与工商业社会里，在制作、经商、航运、掠夺与反掠夺的生存式样里，每一个城邦都需要凝聚个人与集团的力量，每一个彼此陌生的个人、彼此合作或竞争的团体，都需要选举出能代表个人与团体共同利益的集团首领，需要对并不天然具有血缘与族群关系的集团与首领，有所警惕与制约。犹太人进入地中海沿岸开放空间，凭一部《犹太法典》，深刻影响了古希腊和古罗马文明的走向。人与神、感性与理性、理念与现实、契约与原罪、民主与法律……促成了西方文化基因的形成；凭一部《旧约》圣经，衍生出影响人类的三大宗教：犹太教、基督教、伊斯兰教。马修·阿诺德说："我们这个世界，就在希伯来文化和古希腊文化之间运动。"

迁徙、融合中的"羌人"一路向西，在相对封闭的东亚大陆，使游牧文明生态如昼夜流转、四季更替一般，自然而然地向农业文明生态转移。在农业生态里，面对江河泛滥，人们只有聚合一处集中力量，才能共同筑坝开渠、治理水患、应对旱涝；庄稼的收成，需要春耕、夏长、秋收、冬藏，年复一年长久、持续的劳作经营。而在以家庭为基本单元的农业社会里，家庭成员之间有着无须选举的天然关系和责任担当。一个家庭的父子、夫妻、兄弟姊妹，延伸开去，便是家族、部落（乡里）、国家、天下。家是缩小的国，国是放大的家；父母是个体生命的天，天是所有生命的父母（英文关于"国家"的单词country、nation、state都没有"家"的意思）。追求人与人、族群与族群的融合，追求道德精神与宗教精神的合一，追求人与天地万物的合一，把天地的生生之德与人性的内在统一起来，便成了中国文化最高的理想；家国情怀，便成了中国人的共同情感；敬天爱人、重义孝亲，便成了中国人天经地义的道德准则。钱穆在《中国文化对人类未来可有的贡献》中说："中国人是把天与人合起来看，中国人认为天命就表露在人生上，人生与天命最高贵最伟大之处，便在能把它们二者和合为一。"

流散迁徙中的犹太人一路向东，却有着截然不同的际遇。商周时期，以色列被亚述占领后，被放逐的十个部落里，有人进入中国；东汉时期，为躲避罗马帝国的迫害，又有犹太人自西域来到中国；唐朝，不少犹太商人通过海路来到广州、泉州、扬州一带经商贸易。而有确切资料可证，来到中国形成社区定居的，是从北宋开始形成的开封犹太人社区。至近代，1917年俄国革命之后，大批犹太人来到中东铁路沿线的哈尔滨、沈阳、大连、天津；二战期间，为逃避纳粹的屠杀，又有数万犹太人从欧洲涌入上海、香港、哈尔滨。在犹太人向东进入中国的千年岁月里，从来没有犹太人在中国遭到仇视、迫害、驱赶、屠杀的记载。在上海、哈尔滨避难的犹太人，在二战结束之后回到祖地，成为以色列复国的中坚力量。定居开封的犹太人，历经千年岁月，逐渐形成了李、艾、赵、张、高、金、石"七姓八家"，明清之后，其姓氏、风俗、信仰完全融入了中华民族之中；而散落到欧洲、西亚、北非、美洲众多国家和地区的犹太人，历经饥饿、迫害、驱赶、屠杀，其信仰、风俗千百年不移不改。在中国生活了数百年之后，开封犹太人社区竟悄无声息地完全融入了当地的社会与人群，这在羌人迁徙、融合的漫漫长路里，在中华多元一体民族结构形成的历史长河中，只不过恒沙一粒、浪花一朵，但如将其放入犹太人两千年离散漂泊的历史之中，放在一位西方学者的案头，却是一个特例。

在走上羌山的这几日，总有两个声音在我耳边争论着。一个说：为什么要放下对财货与声名颇有益处的"事业"，去追寻一群高山之上的古羌后裔？去拍摄一群耕种劳作的山寨农民？另一个声音说：既然你关注生命关注世界，那就请你回到乡土、回到来处！

公元 2008 年农历戊子鼠年，是一个不平凡的年份：国际语言年、国际地球年、国际卫生年⋯⋯

一开年，由美国次贷危机引发的金融风暴，便汹涌席卷全球，全球经济受到严重冲击，全面陷入衰退；

1-3 月，中国、阿富汗、约旦、希腊、英国⋯⋯全球多地遭受特大冰雪和暴风雨袭击；

5 月 2 日 3 日，强气旋风暴袭击缅甸，致 13.3 万人死亡、失踪，大量房屋、农田被毁，上百万人无家可归；

5 月 12 日，汶川发生里氏 8 级地震，约 8.8 万人死亡、失踪，37 万人受伤，直接经济损失达 8000 多亿元；

8 月 20 日，一架客机在西班牙马德里机场起飞时突然冲出跑道，造成 153 人死亡 19 人受伤；

8 月 8 日，第 29 届奥运会在北京开幕，在此之前的四个多月里，奥运火炬接力在全球五大洲一百多个城市之间传递；

就在同一天，8 月 8 日，格鲁吉亚、俄罗斯为了争夺南奥塞梯的控制权爆发战争；

8 月底，印度洪水泛滥，超过 200 万人流离失所；

9 月 25 日，中国"神舟"七号载人飞船发射成功；

9 月，三鹿、蒙牛、伊利、雅士利等知名国产品牌奶粉中，均被检测出 2B 类致癌物三聚氰胺；

10 月，美国洛杉矶北部发生特大山火，数万居民被迫离开家园；

11 月，奥巴马击败对手麦凯恩，成为首位美国黑人总统……

今天是这一年的最后一天。在岷江上游龙溪山谷最深处的夕格羌寨，在释比贵生家的屋顶平台，与几位古羌后裔刚摆起"龙门阵"，人类两大古老民族的千年迁徙之路，便苍苍莽莽地在我眼前铺展开来，即将隐去的 2008 农历戊子鼠年，在这历史与现实汇成的大幕下清晰回放。这一年，地、水、火、风四大，与人类轮番上演着各自的好戏，惊心动魄、耐人寻味。

在人类文明几千年的历史大幕下，多少雄霸天下的帝国、霸主，早已灰飞烟灭，而对人类的思想智慧、人生态度、生命情感形成深刻而持久影响，绵延至今并启示着未来的，却是不断迁徙、离散、坚守、"输血"的两个隐忍而柔弱的古老族群。今天，现代、后现代文明以科技高度发达的强势姿态，正深刻影响着人类的生存环境和精神生活。塑料、核能、人工智能、互联网……给人们生活带来极大便捷、物质极大富有的同时，却让人丧失了安身立命的精神家园。越来越多的人终日与机器相处，汲汲于现实利益，成了受资本操控、受欲望驱使的机器和动物，失去了与自然、与人相处的能力；失去了宽厚、平和、感恩、包容的生命品质，抑郁、焦虑、对立、偏执……随之浸淫其身。

"回到乡土，回到来处！"我思索着耳边的声音。也许，越是现代的病痛，越需要最古老的方法来对治；越是最现代的焦虑，越需要最乡土的温情来抚慰；越是现代的危机，越需要最原初的智慧来化解。农业文明需要追求民主、创新、效用的工业文明注入生机、活力，工业文明、互联网文明同样需要崇尚统一包容、敬天爱人的东方文明给予启迪、修正。"万物本乎天，人本乎祖"，这是历亿万年不变的法则。"礼失而求诸野"，这是先贤留给每一个文化转型当口的"锦囊"。也许，最伟大、最温暖的智慧，并不存储于追求资本增值、科技发达、理论翻新的金属硬盘，而蕴含在乡土之间，深藏于生命的来处。

凭什么说释迦牟尼

在菩提树下

觉悟成佛了？

"羌族人最早是从以色列迁移来的，是犹太人的后代？"

同释比贵生摆龙门阵很有意思，他有一种城市里、书本上见不到的风趣。昨天初到山寨，众人有些拘谨，贵生几句话几杯酒，就让火塘四周热闹欢腾起来。但今天在屋顶刚把龙门阵摆起，话说到一半，贵生便和大爸一起把头转向一边，望着崴孤山头不言不语，似有重重心事，对永顺和那位英国传教士的观点，也不评论。

"杨伯，你同不同意这个英国传教士的说法？"我问。

贵生把目光从崴孤山头收回，抖去烟斗中的灰烬，"哎！"叹口气说，"这些事情一说起来，又要扯筋。"

"扯筋？"

"前年我和永顺几个人去萝卜寨给游客跳皮鼓舞，那些游客爱来找我们摆龙门阵。他们问我，羌族人最早是从哪里来的？要说最早，那就是释比唱经里说的，是斗安珠和木姐珠成婚，到人间生儿育女才有人烟的。有几个女游客手上戴着佛珠，她们信佛，就说：人最早是从光音天来的。意思是说，我们的老祖宗发着光从比太阳月亮还远的光音天飞到地球上来玩，可能玩久了，随便抓些东西吃，一吃就吃坏了！飞不起来了，就留在地球上了。萝卜寨有几家人那两年信了韩国人传来的教，他们一听就急了，说人最早不是木姐珠、斗安珠生的，也不是从光音天来的，女娲娘娘治人烟也是乱说。说人是上帝创造的。"

"嗯，他们是这么说的。"永顺接过父亲的话说，"那个带学生来考察的老师就笑我们，说都哪个年代了你们还相信那些迷信的说法？！他说人是猴子变的，叫我们要相信科学家的。哦哟，大家争得脸红脖子粗，一个不服一个，差点打起来。"

"现在好多人就是这样的。"严木初说，"你看网上的评论区，见到自己不理解的，和自己观点不一样的，就很生气、很愤怒。说不到两句就开怼、开撕。啥子'美分党''五毛党'，搞得像仇人一样。"

"怪得很！"贵生说，"大家和颜悦色说话嘛，多好哩！"

"大家和颜悦色说话嘛，多好哩！"贵生这话，让我想起去年清明节傍晚，我与妻子、女儿在西郊的院子里烧纸钱。

"你们一家人在干吗呢？"

我回头一看，是邻居易老师。他刚退休。我在墙外种了几棵果树，他常教我施肥、修枝。

"今天清明节，给祖老先人烧点纸呀！"

"哦，给死人烧纸啊！死人能收到吗？"

我烧完纸起身，见他还站在那儿双手架在胸前盯着我，似在等我回答。

"死人能不能收到，我也不知道。"

"那有什么意义呢？"

"嗯，您是老师，应该知道夸克、波粒二象性，知道量子物理的道理。整个宇宙是一个巨大的信息场，物质的生起都需要意识的参与。许多中国人今天都为祖先、为逝去的父母亲人上坟、烧纸。死去的亲人能不能收到焚烧的纸钱，这些人自然不能像玻尔、薛定谔这些科学家一样去做实验求证。但烧纸的人一定知道，他的生命是父母生养的，是祖先延续的；知道在清明节这个特别的日子，应该有一个感恩，有一种表达。"

"嗯……"他欲言又止，转身离去。

过了几天，他见我给果树施肥，便来指导。施完肥，我请他到家里喝茶。见我家供有佛像，他很是诧异。

"你是佛教徒？"

"惭愧，我不够格的，只是在了解、学习。"

他上前歪着头看一看，摸一摸，笑一笑说：

"这是佛？"

"佛像。"

"是人做的吧？"

我听懂了他的言外之意，便说："工匠做的。里面用木头，外面用泥巴，再外面再用颜料描画眼睛、鼻子……"

我点一炷香，双手合十拜了拜。

"既然是人用木头、泥巴做的，又把它供起来当成佛、当成神顶礼膜拜？是不是有点……"

"有点愚昧无知！"他顾及我的感受，没说出口。

"这不是佛，也不是神，这是佛像。佛不是造物主、不是神，是觉悟了的人。这位悉达多王子，为了找到解脱人生苦难的办法，为了探寻宇宙生命的真相，放弃尊贵的王位，出家求道。经过拜师、苦修、禅定，觉悟成佛。毕其一生，毫不懈怠地把宇宙生命的真相，把提升生命品质的方法，用四十九年时间不厌其烦地讲解传授给弟子，留给后世。塑佛像、供佛像，是以他为榜样，便于向他学习，表达对他的敬意；古今中外伟大的思想家、哲学家、科学家、宗教家都很了不起。就目前而言，我对他关于宇宙生命实相的解释最为服膺，觉得他传授的那些提升生命品质的方法比较见效。所以供一尊他的像以示敬意，时时提醒自己向他学习，诸恶莫作，众善奉行。就像我们敬佩孔子，敬佩爱因斯坦，学校里就塑一尊他们的像；我们怀念自己的母亲，就会在家里挂一幅或影集里珍藏一张母亲的像。佛教思想里没有造物主，也没有神，最反对偶像崇拜。《金刚经》里佛就说：凡所有相，皆是虚妄。……若以色见我，以音声求我，是人行邪道，不能见如来。"说得很严重。

"没有造物主？没有神？那佛教徒和释迦牟尼是什么

关系？"

"师生关系。你看但凡学佛的人读诵佛经，开篇会先念：南无本师释迦牟尼佛，弟子某某某……是老师和弟子的关系。不是主仆关系，不是人神关系。我们每一个生命都有和释迦牟尼佛同样的佛性，只不过被蒙蔽了、遮盖了。只要我们像他一样，脱离了蒙蔽我们佛性的贪婪、仇恨、无知、妄想、分别、执着，觉悟了，就是佛。佛是觉悟了的众生，众生是还没有觉悟的佛。"

"既然反对偶像崇拜，那为什么还要点香、叩拜？"

"这就叫'因佛礼我'！借助榜样、老师庄严慈悲的像，来拜我内心、内在的真佛。点一炷香，便于和生命本有的佛性、和佛的精神链接，等于是把 Wi-Fi 打开，便于链接。你不妨试一下，双手合十，眼帘自然微垂，是不是容易进入宁静状态？大拜，你看，每一次伏地，放下傲慢与偏见；每一次举身，升起慈悲与智慧。这是一种训练，通过训练，调节身心状态，修正自己的言行。也锻炼身体呀！"

"锻炼身体我相信！嗯，没有造物主，那这个世界、人、动物……是怎么来的？佛教怎么解释？凭什么说，释迦牟尼在菩提树下觉悟了？成佛了？

"'奇哉，一切众生皆有如来智慧德相！'这是悉达多王子经过三年修无想定、三年修非想非非想定、六年雪山苦修，最后在菩提树下睹明星悟道之后说的第一句话。太奇妙啦！世间所有生命、每一个人，都有同样伟大的智慧，个个平等；宇宙万象一切生命，不是这个神创造的，也不是那个神创造的，而是依据不同的因缘，也就是依据不同的关系和条件生灭的。没有一个恒常不变的造物主。这就叫缘起性空。他发现了、证悟了宇宙生命的实相，推翻了之前所有宗教、所有哲学对宇宙、生命的解释。"

"这么一说，佛教还不那么像'宗教'。"

"那看你以什么标准来定义'宗教'。其实，所有的哲学、宗教，都是在探寻宇宙生命的本原。只不过对这个"本原"的解释所用的名词不同，只不过形成宗教形式之后，有的把这个'本原'当成人格神来崇拜、信仰。"

"没有造物主，没有神，那靠谁得救？怎么去掉那些蒙蔽佛性的贪婪呀，仇恨呀……"

"靠自己。当然也要依靠老师、依靠各种因缘，但最终是靠自己。因为你本来具足智慧、具足佛性。佛祖这样设置的课程：闻、思、修，戒、定、慧。闻：听闻佛祖发现、证悟的道理。思：听闻了这些道理之后，还有思考，不能迷信；二十岁才能受比丘戒正式出家求道，就是为了防止心智还不够成熟，

思考还不够透彻，就轻率决定。修：就是按照自己听闻、思考过的道理、方法去做。怎么修呢？戒、定、慧。戒：先从戒除自己不好的心理习惯、行为习惯入手。定：一步步训练禅定的功夫。因为一个人通过眼、耳、鼻、舌、身得到的信息、知识，是不全面不完备的。把不准确、不全面的知识、信息汇集形成意识，通过思辨、推理、归纳形成的思想、理论、经验，自然不能获得真理、实相。只有在"定"的状态下，对所有知识、经验形成全息化感知，才能去除对立、分别，才能生起智慧。有了超越世俗分别的般若智慧，佛性才会从中显现出来。"

"嗯！这个科不科学暂且不说，但他好像并不像哲学家那样只负责讲理论，还很强调生命潜能的发掘，重视实际操作。"

"所有伟大的宗教和思想体系，最初都是强调知行合一的，都是要像科学家那样去作实验的。只不过他们的实验室是内在身心和日常生活。比如做"定"的功夫，这是所有宗教的共法，不是哪家独有的。只不过训练方式、侧重点不同而已。儒家经典《大学》开篇讲：'大学之道，在明明德，在亲民，在止于至善'。在明明德，是不是佛家的阿罗汉？第一步要明了因果、断除烦恼；在亲民，是不是菩萨？菩提萨埵就是觉悟众生，有了智慧有了本事还需亲民，到生活中去行愿、去利益众生；止于至善，是不是佛？觉行圆满，觉、行都达到圆满成就。下面接着讲：'知止而后有定，定而后能静，静而后能安，安而后能虑，虑而后能得'。成就'大人'一步步的修行功夫，是不是和成就佛菩萨的禅定功夫的次第差不多？"

"但我们生活中看到的有些宗教现象，可不是这样的哦！"

"任何一个伟大的文化系统，如果只把它的理论停留在口头，在脑子里思辨、分别，当成教条去信奉，不把自己的内心，以及社会、时代、生活当成实验室，去实验、修行、行愿，时间久了，就会慢慢衰变，甚至走向其理想、主张的反面。你看'为天地立心，为生民立命，为往圣继绝学，为万世开太平'的儒家文化，在先秦、汉唐的气象，何等雄迈！到了明清，为什么大丈夫少了，伪君子多了？佛教、基督教和其他信仰也一样啊！所以学习东西方文化，要去寻找、发现、学习它本有的内涵和气度。"

过了一个月，农历五月端午节。

"哎！没挂一个艾虎？"

一大早，我扎了一把艾草、菖蒲，正往大门口挂。回头一看，是邻居易老师。

"我也不会做艾虎，就挂艾草、菖蒲吧。哎哟，你也买了不少哩！"

"我也买了一些艾草、菖蒲，薄荷之类。晚上熬一熬洗个药澡。"他架好自行车笑眯眯地说，"中国文化挺有意思哈！不讲理。"

"中国文化不讲道理？说来听听！"

"你看哈！夏季来临，气温开始升高，天气开始湿热，细菌容易滋生、病毒容易蔓延、蚊虫容易繁殖，人体内分泌容易失调……，不讲这些理论，而是形成一种风俗、一个节日。采百草、挂艾叶、菖蒲、洒雄黄酒、洗药澡、吃粽子、戴香囊、制凉茶、熏苍术、赛龙舟……大家玩似的就起到了化湿、祛毒、防疫、保健的作用。历史上，东西方都暴发过很多次瘟疫，中国并没有像欧洲那样大面积地死人，这和清明寒食、踏青、端午吃粽子、洗药澡，重阳喝菊花酒、登高望远，大寒吃腊八，冬至吃羊肉……，一定有很大的关系。"

说完，他抱着艾草、菖蒲回家去了。

又过半年。我刚结束一次关于高原藏人的拍摄行程回到成都，在普照精舍参加一场与佛教文化有关的交流茶会，见到了邻居易老师。

"易老师您信佛了？

"谈不上信，学习嘛！上个月我们几个刚退休的老师组团到日本旅游，很有感慨。觉得60岁身体还那么好，好像眼界才刚刚打开。怎么能局限在一个环境、一种语境里，成天看不惯这个看不惯那个呢？回来后就又组织了一个欧洲考察团。这次是考察，不是观光购物的旅游哦！我们学梁启超他们当年那样去考察，想弄清一件事情：为什么欧洲千百年来的战争，多半是宗教战争？为什么提倡博爱、顺从的宗教，它的传播要通过武力来进行？而佛教进入中国，为什么无声无息地就融进了中国文化，确立了儒释道三家之一家的地位？两千多年来，佛教在传播过程中，虽然也有过纷争，但从来没有一场战争是以佛教的名义发动的。你说原因在哪里？"

"您一定有很深的思考了吧？我想听一听您的高见。"

"高见不敢当。原因应该有多种，现在一时还说不好。不过有一点，一定是不同的文化系统之间不能取得很好的沟通。可能这也正是当今这个世界最大的问题。东西方文化之间、大国之间、各宗教之间、人文与科学之间……其实根本思想、目标都差不多，就是由于缺乏很好的沟通，都执着于不同的名词、名相，概念分别对立，自以为是。人类今后的处境，我看就取决于大家有没有真诚对话的修养，兼容并蓄的智慧。"

"你觉得，不同的文化系统之间，最终能不能取得很好的沟通呢？"

"我想是能够的。同样是人类，彼此相同的地方总比不同的地方多吧？你看黄种人、白种人、黑种人、红种人，都没有生殖隔离的嘛！"

看到易老师青春焕发的样子，想到与他两年来的相处，彼此的变化；想到我们所处的的这个世界，那位放弃王位，寻求解脱苦痛之道的悉达多王子的形象，在我眼前更加清晰生动起来。众生之苦，岂止饥饿劳累，更多的还在于内心的分别、对立、执念所造成的精神之苦，并由此产生的焦虑、仇恨、冲突。众生之乐，所谓快乐幸福，在于开启自己的内在生命智慧，在于人与人、人与自己的内心，能够平和顺畅地对话、交流。现代文明最稀有的品质，在于包容与融通；现代社会每一个人最珍贵的修养，也许就在于释比贵生的那句期望："能够和颜悦色好好说话！"

山寨火堂论坛：

哪一样东西对人类

伤害最大？

除夕之夜，贵生家少有的热闹。除了我与羊子四人，贵生的大哥德生吃过年夜饭，和侄儿、侄女、女婿十多人也来到贵生家。大灾之年就此别过，每个人的脸上都舒展光亮起来。大家围坐在火塘四周欢声笑语，相互拜年祝福，唯独永顺母亲坐在一旁闷闷不乐。羊子见了，过去蹲在老人身边问了几句，回到火塘边坐下，把一只手高高举起。

"哎……你们说，现在，哪一样东西，对人类伤害最大？"

按礼俗，过年是不宜谈论"伤害"之类话题的，但近来大家热衷于在地边、火堂、屋顶随地举办"论坛"，随时表达观点，羊子这么一说，大家也不忌讳。

"现在，哪一样东西，对人类伤害最大？"贵生点着头沉吟片刻，问羊子："你说一下呢？"

羊子一笑："问题是我提出的，咋个我先说呢？这个问题大家都来说，挨着挨着说！"

"杨伯是主人，又是释比，"我提议，"杨伯先说！"

"对，幺爸先说！"贵生的侄儿、侄女们齐声应和。

贵生哑一口烟，放下烟杆望着屋顶沉吟半晌，然后缓缓地将目光投向羊子，点着头说：

"对人类伤害最大嘛！我说，就是原子弹！"

"为啥子呢？"羊子紧盯着贵生，"要说原因！"

"听说原子弹比这次'5·12'地震还凶，听说把美国一个国家的原子弹绑在一起，一根火柴，砰！把地球都要炸烂三次！"

"三次？哈子东西把地球炸得烂三次？"大爸德生摇着头说，"兄弟哦，你这个牛怕是吹大了哦！"

"三次？吹大了？"羊子在贵生、德生兄弟脸上来回扫视两遍，予以纠正："七次！美国、俄罗斯这两个国家随便哪个的原子弹，都能把地球毁灭七次！"

羊子的话虽然语速缓慢，却把杨氏一族老幼惊得大张着嘴，一个个在脑海里费劲地想像着：人类赖以生存的这个地球被炸烂三次、毁灭七次的情形。贵生心里想了一遍，觉得可怕！转念又想，这美国人也笨，毁灭一次和毁灭七次又有啥子不同？

开场不错！羊子感到今晚这个论题会引起大家热议。他指着已坐回贵生身边的永顺母亲说："顺怀怀，揣馍馍！嬢嬢，该你说了！"

"哦哟！"永顺母亲猝不及防，把脸埋在贵生肩头说："我一个妇道人家会说啥子哦？"

"不分男女，"羊子作为今天"除夕火堂论坛"的发起者和主持人，手一挥宣布："今天不分男女，每个人挨着挨着说！"

"哎哟！"贵生拧头对伏在自己肩头的老伴说，"都六十多岁的老婆婆了，还十几岁的小姑娘一样，怕啥子？咋个想的就咋个说！"

永顺母亲受到鼓励，抬起头来说："要我说，害处最大的，就是农药！"

"为啥子呢？"羊子再次宣布今晚的论坛规则，"要说原因。"

"以前，每天天一亮眼睛一睁，叽叽喳喳就听得到雀鸟些叫唤，你去打水、割草，雀鸟在身边飞来飞去。自从把化学农药弄来，好多雀鸟都被毒死了。刚才我去打水，看见又有一只画眉死在路边了。"

"噢！"大家这才知道永顺母亲刚才独坐一旁，伤心不语的原因。

"你们晓得了嘛？"羊子得意道："晓得我今天出这个题目的原因了嘛！"

"哎哟，"永顺母亲又说，"老师些哎，现在这些白菜、西红柿、海椒才吃不得哦！全是化学药水泡出来的。麦子、玉米、猪肉、梨儿、苹果，你们说，有没有以前的好吃？"

"嗯！……"众人点着头感同身受。

"听说转基因食品才吃不得哦！"严木初看看四周压低声气说，"听说美国人研究我们中国人的基因后，种植杂交出来的转基因食物，他们不吃，卖给我们吃，如果经常吃，我们的后代就会像骡子、犏牛，吃苦耐劳，但不能生育！”

“我们的鸡不喂美国化学饲料的，不是鸡和鹰杂交的哦！”永顺母亲一听，指着盘中的凉拌鸡块说：“你们放心吃，不会不能生育的。”

大家一听都笑了。

“严木初，你这个小道消息传播得太小声了。听不清楚把嬢嬢都吓着了。”羊子回头对永顺母亲说，“转基因是个新名词，没有说你的鸡哦、鹰哦的！”

“哦！”永顺母亲这才收回指向凉拌鸡块的手，“我还以为不放心我们的肉和菜呢！”

“该你了！”

永顺表嫂抱着小孩站在永顺母亲左侧身后，正张着嘴笑呵呵听大家说得有趣。猛见羊子叫她，连忙往后退缩：

“我又没坐位子，我又不会说。”

“说哦！……坐没坐位子都要说！”

永顺、永学、严木初也跟着羊子起哄。表嫂把抱在右手的小孩换到左手，伸手朝坐在她前面的男人头顶猛拍一把，喝道：“他！”

“你打我做啥子？”男人摸着头回身说：“我对全人类伤害

最大嗦？"

我与羊子面面相觑，不明究竟。永顺母亲赶紧解释："两口子，两口子。"

表嫂不再推让，气呼呼地说：

"要说哪个害处大？麻将！"

"麻将？"羊子忙问："为啥子呢？"

"去年我家的两头耕牛掉了，到处找都找不到，春耕的时候只有靠我拿起锄头起早贪黑去啄地，痨病都挣出来了！后来派出所帮忙把牛找到了，一查……"

表嫂又在她男人头上拍一巴掌："才晓得是他偷的！"

"你们不是一家人吗？"羊子有些疑惑。

"他偷了自己屋头的牛！"表嫂余怒未消。

"那麻将又咋个惹到你了呢？"羊子更疑惑了。

"自从王三娃那二流子把麻将背到山上来，他就天天伙起去打。手气又不好，技术又孬，天天输，欠了一屁股烂账，又不敢给我说，就想出这么个好办法：偷自家的牛去卖，然后把卖牛的钱拿来还赌债！你说这麻将害不害人？"

大家听了哈哈大笑。回头见永顺表哥低着头一副羞愧难当的样子，便不难为他，跳过他，就该轮到三爸水生的幺儿子国顺了。

"国顺，该你了！"

国顺一直安静地坐着，听到有趣处便憨憨一笑。平时大家在地边或火堂聚会讨论，国顺也是静坐一旁憨憨地倾听，从不发表意见。现在忽听大家吆喝着让他发言，双手抱在胸口、身体直往后缩："我不会说我不会说！"

"说哦！"国顺越腼腆，严木初、永顺、永学等喊声越高，"今天每个人都要说！挨着挨着说！"

"说啥子？"国顺弱弱地问。

这么热烈隆重的论坛，都召开这么久了，居然还没有弄清楚大家讨论的题目是什么，众人很是失望，羊子赶紧提醒：

"现在哪一样东西，对全人类伤害最大？"

"铜！"

国顺想了半天，嘴里忽然蹦出一个"铜"来，众人十分纳闷，一个个睁大眼睛互相看着。

"哪个铜？"我轻声问国顺。

"铜就是铜嘛！"

"是不是金银铜铁的那个铜？"

"就是嘛！"

"为啥子是铜呢？要说原因。"羊子又一次宣布论坛规则。

"昨年开春我去挖虫草，跑了几匹山，连个虫草的影子都没见到。虫草没见到，倒是把曾头寨的老表见到了。我就请老表到屋头来，顺路采了些蘑菇。回屋头把锅找出来切点肉做蘑菇火锅。吃过一会，我和老表就开始肚子痛，接着就拉肚子，拉了三天，我老表回家走路的力气都没有了！"

"你说了半天，"羊子问，"跟'铜'有啥子关系？"

"那是一个铜火锅，放久了，没洗干净生铜锈了。"

"最多，铜火锅也就是让你俩老表拉个肚子，咋个说得上对全人类伤害最大呢？"

"啥子是全人类哦？"

"全人类都不晓得？就是世界上的人些嘛！"

"那我俩老表不是世界上的人啊？"

这下把大家逗乐了。羊子笑得捂着肚子说："铜火锅害得你俩老表肚子痛，你又害得我们把肚子都笑痛了！"

为缓解肚子疼痛，大家开始掺茶、倒酒、拈菜、伸懒腰、上茅厕，算是中场休息。

重新坐定，轮到大爸德生的女婿、村民小组长陈永全了。

陈组长身穿灰色西装，脚蹬一双黑皮鞋，梳一个大背头，头发油亮。不像平时种地或检查村民耕种、施农药时，灰西装、红领带、大背头，配一双绿色帆布农田鞋，裤脚挽到齐膝高。他是夕格村民小组的组长，经常去乡里开会，演讲发言之类自然是他的强项，不等大家催促，他就"咳咳"清了清嗓子，主动发言：

"我说呢，现在对人类伤害最大的一样东西，那就是汽车！为啥子说是汽车呢？我有内部资料：中国每年出车祸要死十万人。十万人哦！这次汶川大地震可以说是百年难遇的大灾难，死了好多人？现在公布不连失踪的，是六万多人嘛！但汽车是叫人年年死，天天死！中国一年，就让汽车害死十万人，那全世界呢？好多人？！这次地震我们夕格死了两个人，都是在寨子外面死的，其中一个就是因为汽车，"5·12"那天在山下东门口，坐在面包车里看不到岩石滚下来，哦嗬！……"

陈组长说完，举一下右手，表示发言结束。

"马怄了要踢人，牛乏了要顶人，兔子急了还要咬人呢！"永顺母亲说，"汽车，哼！那是个机器，哪里有那么听话？"

"我们寨子不通公路，大家一天到黑吵着闹着修修修。"贵生说，"公路修给哪个？修给汽车？！一年就要害死十万个中国人，汽车这东西，不是好惹的！"

"咳咳……该我了！嘿嘿，我来说一下！"

永顺坐在永全的左首，见永全的发言有根有据，还引起父母一番感慨，不甘落后，自告奋勇说：

"现在哪一样东西对人类伤害最大？要我说，就是'钱'！"

"对对对，钱是个黑影子！"永顺母亲一听，不等大家问"为啥子呢？"便赶忙附和，"为啥子要给猪啊鸡啊喂那么多催肥饲料？为啥子要给菜、水果打那么多药？就是钱把眼睛打瞎了，把心黑了！……"

"钱本身并不害人的！"羊子予以反驳，"你们每年挖虫草、天麻卖，收入的钱拿来买衣服、买电视，钱没有害你们嘛！"

"哎哟老师，为啥子那么多人都爱一天到黑坐在麻将桌上呢？还不是想不做活路钱就跑到自己包包里来？"永顺表嫂不接受羊子的观点，"你没看电视啊？那些老板一有钱，哦哟，就找那些年轻漂亮的妖精，自己的婆娘娃娃都不要了。"

"哎呀！"永顺打断表嫂的话，"你们说的都是些鸡毛蒜皮的小事情。你看电视里头，全世界一天到黑争过去打过来，为了啥子？美国为啥子要去打伊拉克？还不是为了石油为了钱！就是这'钱'最害人，叫全世界不得安宁！"

火堂内一下安静下来，大约是"钱"与每个人的生活过于紧密，说到"钱"，总能一下把人从理想拉回现实，不得不去正视生活中的那些慷慨与冷漠、得意与凄惶。"古话说：山珍海味离不得盐，走遍天下离不得钱。人为钱财死，鸟为饮食亡。"贵生感慨道，"钱这个东西就跟盐一样，离不得也多不得！离了钱，生活过不下去，钱多了，眼睛里只有个钱，眼睛被钱打瞎，良心被钱抹黑，有时候连命都要出脱！"

羊子发现，进入下半场，火塘边的气氛发生了微妙的变化。轮到发言的人不再羞涩躲避，甚至不等自己这个主持人发话，就自告奋勇争先恐后抢着发言。坐在永顺身边的严木初，见大家还沉浸在由"钱"引发的思考中，便把目光投向羊子，羊子读懂了严木初的眼神。

"严木初，该你了！"

严木初屁股往前挪了挪，微笑着说："我说，现在对人类伤害最大的，就是……"

"是地震！"

没等严木初说完，坐在一旁的大爸德生伸手把严木初别在身后，屁股往前一挪抢着说，"是地震！"

"大爸等一下！"羊子见大爸德生抢话，连忙制止，"一个一个来，严木初先说。"

"现在对人类伤害最大的，要我说，就是人心！"

"人心？"

永顺、表嫂等偏着头问严木初："为啥子说是人心呢？"

"伤害人类的事情，哪一件不是人类自己做的？任何事情都是心里想了才可能去做！人心坏了，啥子坏事做不出来？"

"嗯！"贵生、永顺、永顺母亲、表嫂纷纷点头。

"万法由心造，万事万物的根源的确在于人心。但是……"

严木初见自己的"人心论"得到众人点头赞许，又听羊子老师把人心的重要性提到了无上的高度，面露得意之色。但一听他说"但是"，便觉不妙。

"人心阴暗、丑陋、邪恶，就会给人类带来伤害、苦难；人心光明、善良，就会给人类带来快乐、福祉。所以……"

"哦！应该是坏了的人心对人类伤害最大！"严木初抢着补充。

"嗯，对了！"众人一致点头。

羊子喝一口茶又缓缓放下茶杯，偏着头，看着笑呵呵的严木初不说话。严木初猜不透羊子的心思："咋了，杨老师？"

"不行哦，严木初！我们的论题是哪一样'东~西'，对人类伤害最大？人心不是'东西'哦！"

"人心咋个不是东西呢？"严木初急了。

"你说的人心，不是人体器官心脏嘛？"

"当然不是，是人的思想、品性那个'心'！"

"好！那咋个是东西呢？"

眼看自己的论点两次获得众人赞叹，都被羊子老师搅和，严木初一急，竟一时语塞。一旁的大爸见机会来了，把严木初往后拉了拉，又把屁股在木条凳上往前挪了挪，盯着羊子说：

"现在该我说了嘛！"

"大爸，你那个也不行哦！"羊子把眼镜往上推了推，"地震也不是'东西'哦！"

七十五岁的大爸德生，在平时的"地边论坛""屋顶论坛"上，就很少能争取到发言的机会，见今晚"火堂论坛"的规则是"大家都说，挨着挨着说"，心中窃喜！"现在哪一样东西对人类伤害最大？放着刚刚发生的大地震不说，尽说些古而怪哉的东西！"他在心里讥笑着前面发言的那几个年轻人，并为自己能一下就想到"地震"暗自得意！可是当自己把深思熟虑的论点讲出来后，这个羊子，先说他抢了严木初的话，要让等一下，现在终于正式轮到自己了，又说他的"地震"，不是个东西，真是岂有此理！

老人心里一急，脖子涨得通红。他用手里的烟杆指着羊子，"嗨！你说，地震，咋个就不是东西？"

"东西，是个实物，是拿得起放得下的！地震，能拿得起放得下吗？你拿起来我看看？"

老人一时语塞，心想："我都七十五岁的人了，好不容易可以当着后辈儿孙、当着你们这些山下来的人，把我深思熟虑的观点论说一番，让这些平时不给我发言机会的年轻人长长见识！没想到，你这个羊子，平时还喊你老师老师的，我都还没有说地震害人的原因，就跑来剥夺我的发言权！"

老人已气得双手发抖，脖子上青筋暴起，羊子又一副当仁不让的样子，我赶忙出来打圆场："大爸，地震确实对人类伤害很大，我们都才亲身感受了，你说得很好，可以说今天所有人里面你说得最实在！但是，今天的题目也确实是说'哪一样东西，对人类伤害最大'。你是刮斯姆（释比副祭），你晓得金、木、水、火、土五行，木和金，对应东西方；火和水，对应南北方。水火不能做器物，所以器物不能叫南北，锅锅碗碗瓢瓢铲铲，拿得起放得下，都是对应东西方的金和木做的。所以叫'东西'。原子弹、麻将、农药、汽车、铜火锅是东西，地震，就不是个'东西'了。"

老人见我一开口，就给予他极高的评价，喜上眉梢，胸脯一下挺了起来。但把我的话听完之后，发现自己的发言权还是在一番花言巧语中给剥夺了，老人的脸色再一次阴沉下来。

"好嘛！就依你们嘛！"大爸站起身来说，"我要睡去了！"

"大爸，您……"我正想找话安慰大爸，被贵生拦住，"算了，他年纪大了，让他早点睡。"

老人走到门口，回头又说："反正地震害处大！"

羊子站起身又坐了下来，他想去挽留老人，又不愿放弃真理，眼看着大爸掩门而去。火堂里又安静下来，好一会儿，大家才想起该轮到主持人发言了。

"杨老师，该你了！"

"网吧！"羊子脱口而出，看来早有准备。

"网吧？为啥子呢？"众人齐问。

"以前我在学校教书。教的学生大部分成绩都很好，也都很有礼貌。自从汶川街上有了网吧，有些学生就悄悄跑去上网泡吧。时间久了迷恋上了，就课都不上、家也不回。去年大年三十除夕夜我们全家正在团年，一个学生家长忽然跑来找我，说找不到娃娃了，急得哭！我说你不要急，到网吧去看一下吧。他说大年三十都在团年，哪个网吧还开门哦。我说去看一下就晓得了。到了那家网吧，黑洞洞的，十几个娃娃各人戴一副耳机，玩的看的都是色情的、暴力的游戏和电影。那家长气得嚎啕大哭，要和网吧老板拼命。中国，全世界，有好多青少年，正是写诗读诗的青春年华，却被这些网吧给污染糟蹋了！"

诗人羊子说完，取下眼镜揉了揉眼睛，仿佛被自己的述说打动了。严木初本想以其人之道，还治其人之身，等羊子老师发言之后，找出漏洞从中挑剔，没想到不知不觉中自己也受到了感染。"唉！"叹息一声点着头说，"网吧真的害人。"

"高屯子老师，该你了！"

"电视机！"

利用大家讨论的机会，我也早已想好了自己的结论："要说现在对全人类伤害最大的一样东西，我说就是电视机！"

"电视机？为啥子呢？"

"电视机这个东西太厉害了，它可以让全世界几乎每一个家庭，心甘情愿地掏钱把它请进家里，堂而皇之地占据着这个家庭最高贵显要的位置。"

说起电视机，大家才发现中央电视台的春节联欢晚会在身后的电视里叽哩哇啦热闹了一晚上，只有文理、群星在看，竟没一个大人理睬。

"这个电视机真的有点凶哩！"贵生说，"文理、群星这些娃娃起先好听话！一天阿爷、阿奶地叫，让他们拿个东西跑得飞快。自从把这电视机当祖老先人一样的背上山，往这桌子上一放，哪里还喊得动这些娃娃哦！好像那电视机一下成了他们的阿爷、阿奶了。地震过后我们在龙池去跐了一个多月回来，才没大看它。"

"城里面也差不多，我在学校教过书就晓得，凡是成绩不好或者性格孤僻的学生，多半是父母迷上了麻将或者电视，娃娃放学回家喊'爸爸、妈妈我回来了！'，这些做父母的，连头都懒得拧一下，盯着电视机傻笑。"羊子叹气说，"哎呀，好像电视机才是他们的亲生儿女一样！"

"我们设计部的那个小李妹和尧尧，没结婚之前，两个人爱得粘在一起撕都撕不开。结了婚，婚房里放个大彩电，每天晚上躺到床上看电视。"严木初叹口气说，"没到两年，两口子要离婚了！"

"看个电视离啥子婚呢？"永顺问。

"尧尧每天看电视到半夜两三点钟，球赛看完看拳击，拳击看了还要放一部好莱坞碟片。"

"你们咋不去帮着劝一下呢？"永顺母亲说，"年轻夫妻要个娃娃就长心了嘛。"

"要啥子娃娃哦！上次两个人要离婚，我们几个同事去劝，才晓得尧尧每天看电视到后半夜，哪里还有兴趣、有精力过夫妻生活？小李妹哭得哟，说尧尧是和电视机结的婚，电视机才是尧尧的老婆！"

"电视机这个东西，你们说害不害人？"我见有人认同我的观点，赶紧深化电视的危害性，把电视机的罪状坐实。"你看，父母与儿女之间、夫妻之间、兄弟姊妹之间、朋友之间、人与自然山水之间，这些天然的关系、珍贵的情感，都被它搅乱了，剥夺了！"

"嗯！"严木初从包里取出手机举在手中摇晃着说，"现在手机的功能开始多起来，可以打游戏，还可以把电视里的有些东西下载来看，好多人吃饭走路都在看手机。以后可能手机对人的影响才大哦！"

"该你了，永学！"

最后一位，轮到永顺的弟弟永学了。永学腿有残疾，在郫县一家工厂打工，春节回家过年。众人的目光一齐投向永学，看他最后说什么？

"电！"

永学大吼一声。

"电？"出乎众人所料。

"为啥子呢？"大家异口同声发出疑问。"今天晚上这么多人，说得最好的，是羊子老师和高屯子老师，网吧和电视机，对人类影响最大，也伤害最大！"

"那你说'电'做啥子呢？"众人有些纳闷。

永学端起茶杯，喝一口茶缓缓答道：

"没有电，网吧里的电脑、家里的电视机能用吗？"

永学机智的回答让大家又好笑又佩服，贵生也握着烟杆暗笑。

"永学太有才了！"严木初说。

两个月之后，羊子的几位诗友罗子岚、雷子等，听说夕格羌人要迁离山寨，便结伴爬上山来"寻找创作素材"。他们听说我和严木初在山上已住了一个多岁月，便来打听山寨的轶闻趣事。我把"除夕火堂论坛"的情形给他们大致讲述了一遍。"好玩好玩！"诗人们说，"哎呀，可惜当时不在现场！"我说，"那你们就当成当时在场，参与进来，现在来说一说，现在哪一样东西，对人类伤害最大？"

诗友们立刻陷入沉思。这时，随诗友们一起上山的县政协张主任，上前一步不假思索地说道："宗教！宗教对人伤害最大！"

我问他："为什么是宗教呢？"

"现在中央在讲科学发展观嘛！"

壹拾肆
—

惊蛰不动土
春分不钻林
人家雀鸟野兽要讲恋爱

贵生抱着杉树根向上望去，均匀修长的树干在两丈开外伸出厚密的枝丫，如一把巨伞遮住了整个天空。他退后九步跪下，贵生在松软的青苔里插上三炷香，摆好刀头、白酒，燃起九匹黄表纸开始祭树。

　　　　哎，尊敬的鲁班师父，

　　　　尊敬的山王神，川主神，

　　　　地盘业主神……

　　　　今天我们要砍伐这棵树为玛比神点天灯

　　　　祈愿保佑一寨百姓平安吉祥

　　　　把一切病苦打到阴山背后

　　　　祈愿天下风调雨顺 国泰民安

　　"坎……坎……"坎坎伐杉兮，雪后的山林传来一声声清脆的声响。

　　"哗啦……"那棵修长匀称的杉树訇然倒下，树枝上的积雪散落成雾，在深密的树林间四散弥漫、飘扬。

　　　　这根木王生得直哎！

　　　　嘿呀着哟呵！

砍一斧来我痛一生哎

嘿呀着哟呵!

贵生收起白酒、刀头,站在高处吼起号子,永顺、国顺、水泉等二十多个小伙子拖着剔了丫枝的杉木杆子,齐声应和。

往下拖了哎!

嘿呀着哟呵!

众人连撬带拽把杉木杆拖出树林,嘿着嘿着一路吼叫着,顺山坡、河滩,一直拖到三爸水生家门口,然后转向崴孤山头拖将上去。

众人一鼓作气把杉木杆拖到玛比神庙,贵生让永顺拿来尺子,又量了一遍杉木杆的长度。"对的,三丈三尺三寸!"

贵生见太阳已升到一椽子高,说声:"立!"众人从草坪上跃起,又是一阵吆喝,将杉木杆稳稳地立在神庙前那块空地的中央。这时,一阵锣鼓、唢呐声在山谷间响起,在一群小孩簇拥下,一个憨态可掬的"毛人",引领着一头面容慈祥的"彩狮",欢跳着从大寨子沿山路向神庙而来。到了杉木杆下,"毛人"在锣鼓声中围着"彩狮"摇头摆尾,欢喜跳跃一阵,便领着"彩狮"向神台之上的白石叩首作揖。

"彩狮"是母亲，"毛人"是离家求道的儿子。儿子得道后回归故乡，报效母恩，给母亲讲解敬天爱人、行善积德、因果报应的道理。

正月初八点天灯，这是先前过年的风俗，遗弃了好些年，村民们今年才又恢复。固定天灯木杆的那两块石柱，没有在三四十年前的各种"运动"和半年前的大地震中与玛比神庙一同损毁。四根手腕粗的青杠木棍，穿过石柱上的四个圆孔，把杉木杆固定牢靠后，众人围着天灯杆坐下，听释比贵生讲话："后天就立春了，立春、雨水、惊蛰、春分。春分第二天我们开始播种，惊蛰不动土，春分不钻林。春分那天大家在家休息，不要钻树林，人家雀鸟野兽要讲恋爱！"

天色向晚，贵生点亮油纸灯笼里的油灯，永寿、水泉拉动绳索，油灯顺着木杆缓缓上升……夜幕降临，杉杆顶端的油灯汇入满天繁星，在苍茫夜空里闪烁辉映。

壹拾伍

——

不要犁了，
喊我们搬家！

进入三月，一片一片的翠绿、黛绿、褐绿，潮水一般从山下的东门口向高山之上的夕格五寨涌来。一树一树的春花，在山崖、田坎间恣意绽放；春风一吹，雀鸟们的羽毛随之鲜亮起来，一只只在草丛花树间振翅鸣叫……

一个月之后，我与严木初再次来到夕格羌寨。

哎啰，哎伽啰！

乖牛儿哟，耕地啰！

春分一过，耕者唱给耕牛的春耕之歌，便开始在山谷间飘荡起来。夕格、垮坡、神树、直台这些高山村寨的耕地，是一代一代的先人，在乱石、荆棘、土坎中开垦出来的。贵生、永顺驾起一对花犏牛，贵生牵牛永顺掌犁；永顺母亲跟在身后撒种；永顺媳妇彩文在后面覆土；文理、群星兄妹正在地边追逐五颜六色的蝴蝶。忽见虎皮小猫撺出一只老鼠，小猫扑住老鼠并不撕咬，戏耍玩弄一番又将其放掉，如此反复，七擒七纵。小红马把种子驮到地里卸下鞍子后，便去了旁边还未耕种的地里，一遍一遍地抖着背、打着滚，决心借着春的气机，把一年的劳累抖掉、滚落。

到了中午，烈日当头，一对花牛见主人还不歇息，便摇头摆尾走走停停，以示抗议。贵生自然知道耕牛的用意，但节气不等人，永寿、永富两家也要赶在谷雨前下完种，哪敢休闲贪玩？贵生赶紧唱歌安抚：

> 可爱的花牛哎！
>
> 可不要使性子啊
>
> 你使性子我就会打你
>
> 鞭子打在你身上痛在我心里
>
> 我们不能让对面山坡上的人笑话呀
>
> 明天我们去那大块地里耕种
>
> 对面的人看见你俩
>
> 就像看见两只喜雀
>
> ……

耕牛中，要数犏牛最珍贵。特别是公犏牛生性耐劳，不好色，即便在春天，也不会像许多畜牲那样，翻山越岭四处寻找性伴侣，为那么一点快感去耗气亏精。这驾花犏牛和正在另一块地里耕种的一对犏牛，是贵生家和永寿、永富三家人凑钱合买的。之前，贵生家和其他一些家庭一样，使用价钱便宜点的二裔子，但公黄牛和犏母牛交配产下的二裔子，完全不像公黄牛和牦母牛交配产下的犏牛那样脾气温顺、力大耐劳。二裔子不仅耐力差，而且脾气古怪不合群，在夕格这样的高山小块地里耕种，每块地的边沿多是悬岩高坎，拉犁转弯时二裔子很容易惊慌撒泼，发生险情。所以前年贵生父子终于下了决心，联合永寿、永富两家，用三家七八个人整个春夏挖虫草、黄芪、羌活换来的钱，买了这两驾犏牛。果然，这两驾犏牛让三家人省心不少。但即便犏牛任劳任怨，也需要安抚。高山村民没条件对牛弹琴，却可以与牛说话、为牛唱歌。用歌声和劳累的耕牛倾诉、交心。

4月15日。从春分开始播种到现在，已过去二十五天时间，一年中最忙碌的春播已近尾声。

　　可爱的花牛哎

　　再加把劲啰哟

　　耕完这片地

　　你就可以休息一季了哎

贵生牵牛、永寿撑犁，两人合唱着耕牛歌，国珍跟在永寿身后撒着种子。今天把这块地种完，今年的春播就圆满收工了。

"不要犁了！"

这时，永顺从山下走了上来，他站在地边大声喊叫。

等父亲和大哥犁到近处，永顺又大声喊道："不要犁了！喊我们搬家！"

贵生、永寿一听，好半天才勒住耕牛收住脚步。

"搬家？咋回事？"

"喊我们五月一号前就要搬完！"

"搬到哪里去？"

"邛崃！"

"哦哟！穷来？"

壹拾陆
——

五月一号必须搬走，

这是时间

4月16日上午10时左右，龙溪乡周乡长带领三名乡干部，爬两个小时山路来到夕格麻地头。全村成年男女早已从东西两面山坡的大寨子、新房子、乱石窨、龙堂坝，聚集到山脚下麻地头的一处溪边平地。平地上坎，一棵碗口粗的李树四下伸展着枝叶正扬花吐翠。晨风一吹，满树的花瓣飞扬起来，轻盈地飘落到村民们的头顶、面颊、手背。一群山民在树下神情凝重，全无心情理会春花的美意。

陈永全从家里抬来两根条凳，摆在春草初生的平地中央，安顿周乡长四人坐下。他环视一周，见各户户主都已到齐，便清了清嗓子说：

"今天，十八岁以上的公民都到了，自己十根指拇搁在心头，好好想一想，为什么要搬？为什么不搬？要想好！政策方面呢……"永全回过头来，面对周乡长说，"请周乡长给大家解释！"

"咳……咳……，"周乡长也清了清嗓子照样环顾一遍四周说，

"这次大地震过后，省上有几个监狱搬迁，南宝山劳改农场的国有土地荒置，准备把无耕地、无宅基地、无生产生活来源的这部分老百姓，外迁到这个地方安置。我们乡的夕格和直台的村民，5月1号前必须要搬走，这是时间。我们有一些问题

要先解决，一个是土地要退给集体，二是土地上的附着物就要损失了，三是猪、牛、马、羊、鸡这些不可能带去。大家都知道搬家三年穷这个道理，有些损失不可避免，大家的猪、牛、羊这些牲畜，政府会帮忙牵线搭桥处理，但主要还是要靠自己想办法。决策权在自己手里，我了解了一下，现在是年轻人想走老年人不想走。这是不允许的，要走必须一家人一起走！"

周乡长话音一落，坐在平地上的男男女女一下躁动起来。一个个站起身来拍打着屁股上的灰尘，上前理论：

"南宝山去都没去过，好不好都不晓得，咋说走就走呢？"

"咋不好呢？我们带村干部去考察了的嘛！那边通公路，有茶叶地可以种茶叶！"

"半个月时间都没有了，那么多猪、牛、羊、马卖给哪个？"

"我说了嘛！政府会帮忙牵线搭桥，但主要还是要靠自己想办法！"

"那愿意去的去，不愿意去的就不去嘛！"

"才给你们说了这是不允许的，要走必须一家人、全村人一起走，愿意走就签字按手印！"

"那么多玉米、麦子、洋芋，还有犁头、家具、锅碗瓢盆，几天时间咋背得下去？每家人至少有一两匹马、两三头牛、四五头猪、十几只羊、几百斤粮食……你给我算一下，十四天时间咋卖得脱、背的完？"

"我说了是自愿搬迁，你不愿意去，不去就是了你扯啥子？嘴巴都说干了你们都不听，要懂道理嘛！"

"咋个不懂道理，我说的哪一条没道理？"

……

永全站在一旁听了半天，觉得这样争吵下去也不是个办法。他拨开围着周乡长吵得最凶的那几个妇女，上前与周乡长交涉：

"周乡长，请你理解一下，我们的生命线就是这个养殖业，我当个村民小组长，就要为老百姓考虑！我们决定要走，定了！但是为避免损失太大，能不能宽限一个月时间再走？或者每家留一个人把牲畜些卖完了再跟着来，这样损失小点？"

"你是村民小组长应该晓得，这不是你我几个决定的啊！"

……

周乡长受到四面围攻，连之前与他紧密配合的陈组长，现在也站出来与自己力争。"嗯！这样争吵下去只会把局面搞得更僵，必须改变策略！"他略一思索，坐回木凳，定了定神，眼珠一转很是无辜地说："哎呀！今天为了给你们开这个会，我们几个人天一亮就开车到垮坡，接着又爬两个多钟头山路才到这儿，现在都晌午了，连早饭还都没吃一口，肚子饿得连说话的力气都没有了！"

"哎呀，对不起对不起，咋能叫你们到夕格来还饿肚子呢！"

这一招马上见效，几个老人和陈组长赶紧说："赶快做吃的，肚子吃饱了再说！"

众人撤到上坎陈组长家，周乡长立即布置新战术，他让陈组长安排闹得最凶的那几个妇女煮饭、洗菜、烹腊肉，自己和另外三名乡干部，迅速召集陈组长和杨、陈、王三大家族中的"主迁派"户主，每人一碗酒，闭门磋商。

柴火生旺、青菜洗净、腊肉煮好、烧饼烙熟，是需要好一阵时间的，全村人今天不能都吃陈组长家吧？于是不经饿的年轻人很快散去，担心娃娃不会做饭、猪没人喂的主妇跟着要走。三名乡干部看准时机，赶紧拿出村民自愿搬迁表让大家签字按手印。三大家族的"主迁派"代表，这时也从闭门磋商会议中溜出来，分头去劝说各自家族的"主留顽固派"。

两个小时后，饭菜终于端上了桌，闭门磋商会议结束，饭桌会议随即开始。众人举碗喝酒、赤手撕肉，酒酣耳热之际，三位乡干部和三大家族的"主迁派"代表，开始汇报工作进展：

"李子树下就有几家人按了指拇印，刚才有些婆娘回家做饭时又按了才走。"

"有几户说要回去征求家里老人的意见，说老人答应了才敢签。"

"还有几个户主脑壳硬得很，好说歹说都说不通，整死不肯签字按手印！"

周乡长见自己的战略战术取得初步成效，马上作出进一步部署：

"剩下的那些脑筋转不过弯的，要加强工作力度，陈组长重点讲两个方面：一是要顾全大局，一家不签字，影响全村人！二是把'路'的事情分析给他们听，垮坡寨的人不答应占他们的地，夕格的公路根本没希望修上来，人家南宝山那边有公路，不需要人背马驮，山底下的油榨、火井都有学校，娃娃些读书也方便。就凭这一点，就比夕格强！你们几个，回去发动各家的婆娘娃娃齐上阵，用车轮战术！"

壹拾柒

——

我是不想下去
死在人家的地头！

全寨青壮男女回到各自家里，开始向家里的老人传达会议精神。

"就是喊五月一号前搬完！要走大家一齐走，一个都不能留。"

贵生夫妇坐在门口的木条凳上，望着永顺默不作声。小红马立在门口，抖动着耳朵。

"好多人都已经签了字、按了指拇印印。到邛崃有200多公里，说到时间大客车来拉人，部队的汽车来拉粮食、拉家具。"

"牛马牲口不让一起走？"

"不行，喊赶紧卖完。"

"唉！"永顺母亲叹了口气说，"前几天，你爸爸还在催我们抓紧播种。可怜这些牲口，才帮我们把种子种在地里，就要喊把它们卖了。"

"唉！"贵生看着小红马，好半天才叹口气说，"可怜，这么多年柴米油盐都靠它驮，昨年腊月间它背痒靠在树子上蹭背，把驮子弄翻了，我打了它。唉，要把它卖了，咋忍心！"

小红马头一抬，一惊！

这边，杨采琳站在自家门口，背靠石墙独自发愣。见我和严木初走来，她想打招呼，但嘴唇颤动了几下，终没说出话来。

杨采琳六十五岁，比贵生大四岁，叫贵生幺爸。她父亲杨福生是贵生的堂兄，也是贵生的师父、比崴吉杨氏的上一代释比。杨采琳家离永全家不远，她见证了今天会议的全过程。在永全家，儿子述文在"主迁派"鼓动下签字按手印，她没去阻拦，只是远远地望着，远远地叹气。

　　"述文要走，我想就让他带着两个娃娃下去，我们老两口留下。"她在墙边的一块青色石板上坐了下来说，"但是你看嘛，说一个都不让留。"

　　"下去就下去，"我安慰她，"口前话说人挪活树挪死，换个地头也好！"

　　"我们还是舍不得我们的祖老先人，从内心来说我硬是不想走的，我不想下去死在人家的地头！我的爹妈、爷爷、奶奶、祖祖、先人，全都在这儿。我们一下去，全都变成孤坟，连烧钱纸的人都没有了。"

　　"杨伯的'释比'是你爸爸传的吧？"见她说到逝去的亲人如此伤心，我岔开话题。

　　"我们这个小幺爸，我爸爸的鼓他在敲哩！"

　　她抹一把泪，看了看站在远处楼顶平台上的贵生和永顺说："我们家是祖传，我们祖祖、高祖就是释比，我们祖上有的释比能飞起走，哪里要请释比，自己驾鼓就飞起去！这一下真的是要丢完，真的是很惭愧！这一迁走，好像我们的祖老先人辈辈代代就没有了！底下人的短衣服我们是不会穿的。我们自己的衣服要拿起走，神龛要背走，祖老先人要供起。现在也就只剩这么一点了，这一下要丢完！真的是很惭愧！祖老先人都丢了，你还在搞啥子呢！"

眼泪从老人眼眶滚落下来，她撩起蓝布长衫下摆拭去眼泪，起身望向阳顶山下那块古柏围绕的台地，杨家的祖老先人们就安葬在那里。老人收回目光，"哎呀！"深深地叹了口气说，"祖老先人丢在这里，烧钱挂纸这些，他们不要想了，不要想了！"泪珠再次从眼眶滚落，她用手背拭去泪水，低头哽咽着说："我是不想下去，死在人家的地头！"

我的爹妈 爷爷 奶奶 祖祖 先人
My parents, grandparents, great-grandparents, and my ancestors

全部在这儿
Are all here

我们祖祖 高祖手头就是释比些
Our great-grandfather was a Shibi

这个硬是要丢完 你看嘛
To force us to throw it away...

喔 去年子你们这儿来过年
When you were here to celebrate the New Year last year

他该是牛场头要去上坟了嘛
He must have gone to burn offerings at the graveyard

要去敬我们的那些祖老先人
To pay respects to our ancestors

这些摆起来就惭愧的很
We are ashamed to speak about it

我们还是舍不得 我们自己的祖老先人
We can't bear to leave our own ancestors

我们这家人以前就是释比
Our family has been a house of Shibi long before

我们这个小幺爸
My uncle

我们爸爸的鼓他在敲了呢
He now beats my father's drum

他要去
When he goes...

他还不是拿起香拿起刀头（猪膘）
He brings incense and lard

我们还是有点惭愧哦
We are ashamed

壹拾捌

五寨三姓六族，
夕格羌人的迁徙史

"哦哟，你看！"

我正想找个话再安慰杨采琳两句，严木初指着崴孤山头叫道："杨伯他们到神庙去了，好像要去敬神。"

背上照相机，扛着摄像机、脚架，我和严木初一口气爬上崴孤山头。见贵生、德生、袁德才一众老人，和永顺、水泉、国顺、永富等年轻人，散坐在玛比神庙遗址的残墙边。

"杨伯，今天要敬神？"严木初喘着粗气问。

"敬神？"贵生瞥了严木初一眼，又将眼光投向远处的雪山，"咋跟神说呢？"似在答复着严木初的问话，又像是在自言自语。我四下一望，见贵生并没背羊皮鼓，祭台上也没见柏枝、香蜡、愿旗、刀头。每个人面色凝重，或望着远山，或盯着地上新发的绿草，一言不发。

"那咋都跑到这儿来了呢？"严木初又问。

"咋跑到这儿来？你问我，我又问哪个呢？"

贵生说完，见严木初有些拘窘，便将语气放缓说："你俩先坐下来歇口气。前段时间你们问我夕格的一些事情，过年前在火堂也只是简单说了几句，年过了因为要赶着播种，没时间好好给你们说。也对，今天在这儿给你俩说一下。"

"我们夕格五个寨子，以前八十多家人都住这儿，这个地方叫崴孤！后来才分开到其他地方住的。你看嘛，几十家人的房子一家连一家挨在一起，那边墙最厚的那座是释比祖师的房子，'5·12'地震那天才垮的。"

贵生将目光从老寨废墟里收回，回头望着身后三面残墙合围着的古庙遗址说："这儿是玛比启吉（玛比神庙），给人家说就说玉皇庙。"

"现在的五个寨子是好久从这里分出去的？"

"好久我也说不清楚，可能后来战争少了，都搬到离耕地近的地头去住了。"

"五个寨子都有羌语名字的吧？"

"当然有嘛！小寨子叫崴孤；大寨子叫然格波西；牛场叫崴日给；龙堂坝叫叶给；新房子叫勒格，垮坡寨的人喊'释格'，可能'夕格'这个名字就是从这儿来的。"

"崴孤和牛场现在没有人住了？"

"崴孤可能一两百年都没人住了。牛场最高，野猪、老熊糟踏庄稼，豹子、豺狗伤害牛羊，我们杨家一族十五年前就从牛场搬到了乱石窖和龙堂坝。大寨子又有人搬到早晨开会的那个地方：麻地头。所以现在还是五个寨子。"

"五个寨子就王家、陈家、杨家三个姓？"

"三个姓六个族：陈姓分洛外吉、得季吉两族；王姓分皮布吉、卓曲吉两族；杨姓分必其吉、比崴吉两族。袁大爷一家人是十七八年前从马房寨搬到龙堂坝的，又多了个袁家。"

"这么看，很久以前，这六个家族的人，还不一定是从同一个地方来的？"

"可能是从三个地方来的。"

"三个地方来的？"

"因为人死后释比给他送魂，把魂送回老家，送的地方不一样：陈姓洛外吉一族，送到摩尼卦都（太阳山谷）；王姓皮布吉、卓曲吉两族，送到巴古禹都（辛劳之路）；杨姓必其吉、比崴吉和陈姓得季吉这三族人死后，送到帕萨禹都（吉祥之路）。"

"几个寨子敬的神不一样？"

"过年之前我们敬神你看了嘛！只要到这个崴孤山上敬神，要先念'哎'……格迪玛比哈莱启，意思是尊敬的玛比神和您所领的十二家神！然后，牛场的山王神、大寨子的土主神、新房子的地盘业主神、崴孤青杠林岩窝里的川主神，挨着挨着要招呼到。崴孤的玛比启，我们上次讨论过了嘛！天上的玛比把女儿木姐珠嫁给人间那个猴子一样的斗安珠，才有了人烟。我们的古话：玛，就是人；比，就是祖先。释比敬天还愿的时候要唱：疏导洪水的是您啊玛比！我们叫玛比启，你要叫他是天神也好，地神也好，说他是玉皇也好，大禹王也好，名字由你去安！首先要敬玛比。牛场的然派启，就是山王神，骑个老虎

很威武，灵得很；大寨子的须尼启，就是土主神，爱生气，不敢随便惹他，大家靠土地吃饭，不敢不敬；新房子的木比塔启，就是地盘业主神，修房造屋要敬，敬这个神要献一只白底黑斑点的羯子；崴孤青杠林岩窝里的然窝启，就是川主神。从前卓曲吉王家的先人在六月二十日川主庙会期的时候请来的。大禹王、李冰两爷子治水有功，川主神大家要敬。"

"这三姓六族的祖先，最早又是咋聚到这儿的？"

"大爸给说一下？"贵生被我这一路问下来，大概是有些累了，他侧身对身边的大哥德生说。大爸双手抱在胸前，把头埋在臂弯里，只略抬了一下头说："永顺给说一下！"

永顺周围看了一遍，见老人们似乎都没有说话的兴致，便说："听说以前大西北战争爆发，把我们撵到岷江上游，我们的祖先就迁到夕格的崴孤，为啥子要选崴孤这个地方呢？底下是悬岩，上面也是悬岩，必经之路只有一条可走，战争攻击不到。过后战争平息了，雀鸟老鸹糟蹋庄稼，我们又迁到东路的石泉、油溪、白岩一带去跕起。跕啊跕啊，底下坝区猴子多，把种的玉米苞苞吃完，我们又迁回崴孤，住在这个地方。这个地方没住好久，人多了地少了大家就只有分开住。我们杨家就迁到外日给，就是牛场。牛场住了不晓得几辈人，野猪老熊又多起来，又被野猪老熊撵到龙堂坝、乱石窖跕起。不晓得我们羌族人，历来就是命不好还是咋的，一会儿撵过去一会儿搬过来，始终选不到一个水落石出的地方。"

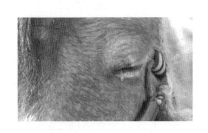

壹拾玖

豆大的泪珠，
从贵生和红马眼眶
一同滚落

周乡长的"车轮战术"很快见效，4月17日天一亮，夕格羌寨凡持有手机的村民，起床后第一件事就是跑到自家楼顶，或某个信号好一点的山头，向沟里沟外的亲戚朋友道别，委托他们向全社会发布低价售卖牛马牲畜的消息。

一时间，汶川县龙溪、垮坡、阿尔、俄布、东门口、雁门、萝卜寨，茂县三龙、理县西山……这些高山羌寨的村民和附近专营牛马生意的贩客闻风而动。夕格五寨的房前屋后、地边路口，一下成了牲畜交易市场，飘荡在山谷里的春耕之歌，转瞬之间被驱赶牛马猪羊的吆喝声覆盖。

到了25日，永顺、彩文已将家中的六头猪、三十四只羊陆续卖掉。经过和各路买家多轮谈判，贵生、永寿、永富三家合买的那四头犏牛，最后决定卖给垮坡寨的亲戚。

"你们先吃饭，"贵生见永顺收了卖牛钱，起身对亲戚说，"我去给那四位再打个招呼。"

四头耕牛见贵生背着一梱饲草，端着一盆麦麸面坨走来，便将头扭向别处。贵生走到耕牛身边，把草料撕开撒在地上，要像往常一样抚着牛角与牛说话。四头耕牛把头别向一边，不理贵生，也不看脚下的草料。贵生取来面坨一一去喂，一个个只是摇头，也不张口。

"唉！"贵生长叹一声退到地边，他心里明白：四头耕牛已

经知道，自己已被辛劳与共的土人出卖了！

严木初扛着摄像机走过来，"咋的嘛？"他问贵生。

"恓了！饲草都不肯吃！"

"把盆子里的面坨坨喂给它嘛！"

"喂了，不肯吃！"

"哎呀，牛都这样有情有义！"

"一年四季，春耕秋收，我们一个离不得一个，现在它们要离开我们，我们也要离开它们几个，整得好造孽嘛！"

……

26日，那匹常年跟随贵生左右的小红马也要卖了。买主是从茂县过来的，他说自己在叠溪海子边做旅游生意，许多去九寨沟、黄龙旅游的游客，路过时喜欢停下来在海子边骑马拍照。听说贵生家的小红马通人性，便专程来买。买主付过钱，贵生仍不松缰绳，一遍一遍梳理着小红马的鬃毛。

"你放心嘛！我会好好待这个马的！"买主见贵生还是不肯放缰绳，便又细心安慰贵生，"让游客骑上拍个照，总强过在这儿爬坡上坎驮柴驮粪嘛！"

贵生俯身抱住马头，将脸紧贴在小红马的额头。

山谷里安静下来，蝴蝶在空气里扇动着翅膀，阳光在树梢间快速行走，几个穿着阴丹色长衫的妇女挥舞双手驱赶着即将卖掉的牛羊……她们的动作从容优雅，却听不见任何声音。

贵生一抬头，把缰绳递给买主的那一瞬，我看见，豆大的泪珠从贵生和小红马的眼眶，一同滚落。

永顺背家具从东门口回来，看见小红马被人牵走，"阿爸，马卖了？"他上前问父亲。

"卖了！"

"嗯！……好多钱？"

"两百元。"

"嗯？！"

"管他妈的，只要他对马好！"

贰拾

讨了个外地小美女，
你当然想走啰

将与夕格人一同迁往邛崃的还有直台寨的 500 多位村民。直台寨高踞夕格东南台地，几年前，直台一百多户人家各承包一段，经过两年寒暑，修成了一条能通小四轮的机耕道。人工挖凿的机耕道，如一条长蛇，蜿蜒盘绕在直台寨与龙溪河之间陡峭的山坡上。我和严木初、余永清把越野车停放在山下水电站的院子里，扛着摄像机、照相机、三角架，搭一辆去直台买猪的小四轮拖拉机上山。小四轮突突突吼叫着弯来绕去，浑身颤动着累得几乎形散气绝，烟筒里吐出的一坨坨黑烟呛得人无法呼吸。

　　到了村口，等候买猪的村民一见来人，大笑不止。我与严木初、余永清相互一望，哈哈哈也指着对方大笑！原来小四轮吐出的黑烟，把我们三人涂抹得只看得见一对眼珠和一排牙齿，活像电视剧里被过度化妆的那些从炮火中逃出来的士兵。

　　直台寨此时的情形与夕格差不多。一进村寨，便听见一声声悠长的牛羊叫声和一阵阵刺耳的猪叫声；蜿蜒曲折的山路上，一群群牛羊被驱赶着下山；一头头不肯就范的大猪小猪，被生拉硬拽塞进小四轮的拖斗里。

　　清根奶奶脸上挂着泪珠，牵着孙子的手，无所适从地望着忙于逮猪吆牛的邻居们。

　　"婆婆，你咋哭了呢？"严木初上前问。

"我心头难过得很！"清根奶奶头一低，"我……"她抹一把眼泪欲言又止。

"走就走嘛！"永清说，"说不定那边条件还好些，我们想走还没这个机会呢！"

老人撩起长衫衣角，擦去糊在眼睑的泪水，见是山下巴夺寨的余永清，便说："你看嘛，我的妈妈、兄弟、大姐都埋在这儿，这下看不到了，真正看不到了，这一下要到人家的地头去了！要死在人家的地头了！不晓得以后咋个过日子哦！"

老人说完，回头问我和严木初："你们去过邛崃没有呢？"

"邛崃我去过，气候、出产都很好！"我说，"你们要迁去的南宝山没去过，但在邛崃地界上，想来也不会很差的。"

老人一边说着话，一边揉捏着孙子瘦削的手。

"这是你的孙儿？"

老人把清根揽在怀里，抚摸着清根的头说："就是嘛！你看嘛这个娃娃，脚瘸的，八岁了身体不好还要靠人牵，现在都还没有读书，老师都不敢接，我死了他咋办哦！"

"你这孙儿不必要那么操心的。"我说，"那边医疗条件应该要好些，到时候去争取申请个民政救助，做个手术自己走路没问题的，再学个手艺，把他饿不着的。"

"哦……"老人听我这么一说，好像心安了一些，牵着孙子下山去了。

李健去年地震后去了崇州的一家工厂打工，前几天带着女朋友赶回来帮着家里搬家。在他的催促下，父亲李福全和母亲陈玉香，很快就把牛马牲畜卖完，大部分家具、粮食、衣物背下山，只等军车来接。但李健七十多岁的奶奶马玉清却始终不让孙子动她的衣物。"我不走，要走你们走！"老人坐在门口，嘴里嘟囔着。李健退到门外的残墙边坐下，无奈地摇着头。

"我看大家都恋恋不舍的，"严木初上前笑问李健，"咋就你那么急着想走？"

"年轻人嘛，当然想走！"

"讨了个外地小美女，"永清在一旁嘿嘿一笑说，"你当然想走咯！"

贰拾壹

遗弃，还是保留？
这又是个问题

4月27日，永顺和妻子彩文，把大部分实用的家具和粮食，已背到了垮坡寨，等待小四轮往东门口拉。贵生和老伴把那些近年来派不上用场的东西，一件件摆放在三楼平台，等着永顺、彩文回来决定，哪些遗弃？哪些保留、带走？

"这个'锅盖'和电视机，如果拿到成都交给那些搞行为艺术的，他们肯定喜欢！"

贵生蹲在地下，正盯着已经散了架的"锅盖"和一台积满灰尘的老式电视机发楞，回头一看，是严木初立在身后。他起身踢了一脚面前的老式电视机说："好多年前人家嫌弃不要了，永顺捡便宜买来的，我们都又好多年没用了，他们拿去有啥子用？"

"他们有用！"严木初说，"可以脱光衣服睡在'锅盖'上面，邀请大家来参观，拍照，也可以放着音乐抱起石头当众把这个老电视机砸了！"

"哼！有那么怪？"

"那是行为艺术，你看不懂的！法国有个人叫杜尚，他在商店里买了一个屙尿的缸子，在上面签了几个字，交给美国人去展览，那些评论家、收藏家一看，哦哟！说这是一件伟大的艺术品，要值十二万美元！"

"你吹嘛！一个屙尿的缸子值十二万美元？"

贵生觉得严木初越说越离谱，笑了笑又踢了一脚"锅盖"。

这时，永顺带着羊子的诗友罗子岚、雷子几人扶着木梯上楼来了。诗人们见平台上摆放着这么多陈年旧物，"哇！"欢实得一阵尖叫。雷子看了一遍，见有几个老瓷碗虽然积了一层烟尘，却透着一股温润淡雅的气色。

"你看这釉的色泽！你看这质地，好雅致！"

她拾起一只吹一口烟尘感叹道，"唉！咋尽背些塑料桶桶、塑料碗碗走，把这么有感觉的东西丢在这儿不要呢？"

另一边，罗子岚选了两个未上釉的粗碗放在一处，又找来一架老式驮鞍，举在手里擦拭玩味。贵生见了就笑："你一个女的，去弄那个牛鞍子做啥子呢？"

"杨伯，"罗子岚捧着牛鞍来到贵生面前说，"能不能把那两个土碗和这个木头鞍子卖给我？"

"哦哟！"贵生一笑，"那是前几辈人用过的了，你一个女的，又在单位上班，拿个牛鞍子去做啥子？"

罗子岚见贵生并非知音，便把鞍子举在另一位诗友面前，"你看这造型，你看！它和现在这些鞍子是不一样的！你看这些被绳索磨砺的痕迹！你看这岁月的质地！几辈人的辛劳、梦想、光阴……储存了多少信息？！"

诗友点着头似有同感，转身对一旁的永顺说："这个鞍子太老了你们也不能用了，就送给她或者卖给她吧。这几个老瓷碗很有特色，比那些塑料碗好，你自己好生想一下，遗弃？还是保留？"

"牲口都卖完了，鞍子我们也没有用了。"

永顺摸了摸罗子岚手中的鞍子说，"既然你喜欢要收留，也是它的福气，就送给你。这几个碗丢不丢这几天也叫我心里犯难。都用几代人了，前几年文理、群星还小害怕他们打烂，才收起来的。但是从这里背到垮坡，再从垮坡叫小四轮拉到东门口，从东门口再拉到邛崃，听说要在邛崃救灾帐篷里还要住半年，等南宝山的房子修好了才能搬过去住。这么搬来搬去，到了南宝山，老瓷碗早就成一堆瓷碴碴了。"

这几天永顺往山下背东西，每次临出门时，总要回头对着火堂上方写着"天地國親師位"的神龛和火堂中间的铁火圈望上一眼。遗弃，还是保留、带走？我想，永顺心里犯难的，还不只是这些老瓷碗和牛鞍子，便问永顺："祖宗牌位、铁锅圈你带不带走？"

"不晓得邛崃那边是咋样？祖宗牌位、铁锅圈这些东西不晓得还有没有用？"

这些不知还有没有用的东西该遗弃还是保留？不是现在听了几位诗人的劝说，才让永顺内心犯难的。这是继十天前困扰大家的"搬，还是不搬"之后，又一个如哈姆雷特之问，需要深思和难以抉择的问题，它已萦绕在每一个夕格人心里十来天了。乡干部已多次劝告大家，"没有用的老东西，就别辛辛苦苦往山下背了，到时汽车装不了就得扔了！"

但正是那些"没有用的东西"才最让人心意难决。

"有没有用？"贵生说，"这祖宗牌位你说它有没有用？又不能吃又不能穿，又不能储麦子装碗。但是没有它心里总空落落的，泼烦了看一眼，逢年过节点根香，心里才稳当。'5·12'地震那天，地动山摇好吓人！大家跑到地里都不敢回屋，我麻起胆子到火堂去拿吃的，一看到这祖宗牌位，心里一下就不那么怕了。天地自有他的公道，祖老先人些啥子灾难没见过？一个地震，有啥子了不起？"

"我们这个祖宗牌位的架子做得太大了。"永顺接过父亲的话说，"下面那种水泥房子恐怕不好安。我们下去可以根据新房子的大小，重新做一个。铁火圈带不带再想一下。"

群星前几天欢实得楼上楼下唱着歌蹦蹦跳跳。长到五岁，还从来没见爷爷奶奶像现在这样，搬出这么多东西供自己玩。过了几天，当看见爸爸妈妈一次又一次把家具、粮食背下山，把自家的牛、马、猪、羊一头头卖掉；得知再过几天，全寨人就要搬迁到"人家的地头"去时，小姑娘的神情也一下低落

下来。

　　5 月 5 日，该搬的东西大都已背下山去。永顺最后决定，还是要把铁火圈背走。他想象不到，没有铁火圈的生活是怎样一种情形？没有铁火圈，火塘里怎么生火？怎么做饭？怎么烧水？怎么取暖？一家人聚在一起怎么落座？怎么说话？怎么吃饭？如果一家人不能紧密围绕在以铁火圈为核心的火塘周围，家还成其为一个家吗？

女儿那么漂亮，

你忍心留在这儿

变野人？

月光下，贵生独自立在路口，望着隐现在山石与杂草间的山路，永顺和彩文拖着疲惫的身体，从山路上缓缓走来。

"哦！回来了？"

"哦！阿爸！"永顺、彩文见父亲立在路口等候。

"都连着背那么多天了，明天休息一天。"

"不敢休息！东西些要先背到垮坡，再雇小四轮拉到东门口。"

"背不完算了，把那点洋芋背了就对了，神龛架子就按你说的，我们下去再做。"

"有些人家里的牲口还没卖完，乡政府今天通知，给我们宽限了七天时间，5月6号必须把东西搬到东门口，5月7号清点人数，5月8号一大早装车出发。"

"红马、花牛都卖了，帮不上忙了。走，饭菜都凉了。"

"唉！"永顺刚走两步，就又长叹一声说，"还不晓得走得成走不成？"

"又咋了呢？"

"二哥嘛，就他不肯签字。乡长说只要有一家人不签字按手印，全寨子都走不成。"

"哼！他就是个牛脾气！"

"永全说请你去劝一下二哥，他哪个的话都不听！"

随着 16 日"闭门磋商会议""饭桌会议"精神的贯彻和"车轮战术"的落实，那些"主留顽固派"的户主纷纷转变思想，陆续签了字、按了手印。唯有大爸德生的二儿子永富，正如周乡长所言，"脑筋转不过弯"，任凭乡长、组长的劝说如何晓之以理，婆娘娃娃的车轮战术多么动之以情，永富岿然不动，只以一句"我家不搬！"应对千种讲理说情，万般花言巧语。

第二天上午，贵生敲开了永富家的门。二人在火塘边坐下，永富知道幺爸也是来作说客的，不倒茶、不言语，只低头抽着烟、翻烧着火塘里的洋芋。

"听永全说只有你不肯签字按手印？"

"我家不搬！"

"都要搬，你咋不搬？"

"我家不搬！"

"那边可以种茶叶。"

"哼！光茶叶咋过日子？那里有虫草吗？有贝母吗？有天麻吗？靠啥子生活？"

"那边通公路。"

"哼！一天到黑望着公路肚子就饱啦？"

"犟得像牛一样！乡上来人把电给你断了，没有电看你咋做？"

"祖祖辈辈没用电，不是一样过了！"

贵生知道永富"犟"，不好说话，没想到还如此不开窍！如此不通情理！被怼得无言以对，起身正要拍屁股走人。

"幺爷爷！"

忽听有人在门口喊自己，"哎！"贵生一看，是群惠，又坐了下来。群惠是永富的二女儿，在山下龙溪中学读书。原想回来为搬家出点力气，却被拽入"车轮战"阵营，昨日与母亲、姐姐和几位伯伯一同在父亲面前败下阵来，此时正郁闷着。贵生见了群惠，灵光一闪，心里有了主意。

"哎呀，群惠长漂亮了！跟姐姐一样，又听话又漂亮！"

贵生夸过群惠，回头把话转向永富："永富你想一下，大家都走了，只留你一家人，人一少，杂草树木很快长密，野猪、老熊马上就多起来。你两个女儿咋办？群惠、群丽这么漂亮、这么听话，你舍得把她们留在这儿，和野猪老熊些打堆？忍心看着她们变野人？"

见永富正拨弄洋芋的手停了下来，抬头看了一眼女儿。贵生赶紧又说："永全说那边通公路，娃娃些读书方便。你不走，就要把两个女儿一辈子都耽搁了！"

永富两手抱在胸前，盯着火堂中跳动闪烁的火苗，好一阵，才拾起火钳从火灰中掏出三个已烧焦的洋芋，吹了吹火灰放在贵生面前。

"幺爸，吃洋芋！"

贵生见永富不再与自己争辩，知道是后面那些话戳到了永富心窝，手里搓着烫手的洋芋说："全寨子的人都要搬，我们也搬吧！管他穷来（邛崃）也好、富来也好，共产党的政策饿不死人的！"

第二天，永富就在自愿搬迁表上按了指印。"这个架子难得往山下背，"群惠见父亲要搬供天地祖宗的神龛架子，提醒说，"东西多了军车不肯拉咋办？"永富说："他不肯拉，我背都要背到邛崃去。"

听永全说只有你不肯签字按手印
Yongquan told me you're the only one who won't sign

我家不搬
I'm not moving

光靠茶叶怎么过日子
How can we live on tea?

那里有虫草吗 有贝母吗 有天麻吗
Are there Cordyceps, Fritillaria, or Tianma?

望着公路肚子就饱啦
Can your stomach get full by staring at highway?

犟得牛一样
You're as stubborn as a bull

没有电 祖祖辈辈不是一样过了吗
Our ancestors survived without electricity

人少了 野猪 老熊要来
With less people, the boars and bears will come

貳拾叁
——

祖老先人都在这儿，
我不走

直台寨虽踞高山，但各家各户的木床、木桌、木凳、木柜等，都可用小四轮往山下的东门口转运，不需像夕格那样全靠人背。

寨中小山包上的八塔，曾是直台寨的标志，直台人的骄傲。据说先前山对面龙溪寨认为直台山头直冲龙溪，形成冲煞，对寨中人丁牲畜不利，便竖起一柄利剑直指对面山头。一时，直台寨山崩路断、牛死马伤灾害不断。直台人请来堪舆师应对，在寨中山包上建起一座七层木塔破解剑煞。果然，木塔建成后，龙溪寨立时鸡不鸣、狗不叫，一片死寂。

所谓和则两利，斗则俱伤！后来，经人从中调停，双方各退一步握手言和：龙溪寨拆剑，直台寨将七层塔降为三层。自此两寨和睦相处、人畜兴旺，皆大欢喜。

八塔在"5·12"地震中轰然坍塌。塔身石面上的古老符号，有人说是古羌文字，却一直无人识得。前几年，有人在八塔周边挖掘出许多双耳罐等陶器和一些石器、玉器、铁器。我和严木初四下寻觅，却再也难见成形的器物，偶尔能见到一些散落野地的古陶、石器残片。拾在手中细看其质地、纹样、色泽，能感受到这些古老器具的精巧与别致，能感受到一种别样的文明曾在这里鲜活地发育、生长。

寨中45岁的陈学龙占有天时地利。他前几年收了不少附近挖掘的古老器物，也收集了一些陈年生活用具和饰品、衣物。他这几天已把这些旧物包好运送到了东门口，希望这些宝贝能在邛崃得到重视，以后能在邛崃建一个羌族历史博物馆。

王明强被永清称为"直台寨最后的释比"。他把家里一头黄牛卖给了阿尔人，20多只山羊卖给了巴多人之后，收拾好羊皮鼓、猛兽头骨帽等祖传释比法器，绕着蜿蜒曲折的盘山公路下山去了。

李福全家现在遇到了麻烦。直台寨大部分人都已搬完东西下山去了，可他70岁的母亲马清玉仍然不愿离开，让李福全的妻子陈玉香束手无策。老人坐在门口一段残墙上不肯起身，对劝她的儿媳陈玉香、孙子李健说："祖老先人都在这儿，我不走，要走你们走。"

2009年5月6日，陈玉香终于说服了她的婆婆和大家一起迁往邛崃。现在，她怀抱一只公鸡，悄无声息地离开了她生活了43年的祖屋。在她身后，是最后离别村寨的马群香母女。看见女儿从已空无一人的寨中走来，马群香停下脚步，回望熟悉的山路、坡地，回望世代居住的古老羌寨，泪水夺眶而出。

贰拾肆

——

尊敬的玛比神啊，

我们有了落脚之地

就回来接您

5月5日清晨，夕格五寨的村民，沿着山路成群结队向崴孤山头走来。山谷间，一朵朵春雾从麦芽初长的耕地里生起，眨眼间，又消失在明丽的春阳里。贵生身背羊皮鼓，永富牵一只白羊，大爸德生、袁德才、永顺、群星……一寨老幼跟在身后。

　　众人来到玛比神庙遗址，在神台前的空地正中，架起一丛一人多高的柴堆。刮斯姆德生走到神台前，先把一口装满玉米的杉木升斗摆上石台，再将刀头放在玉米之上。见永富已将柴堆点燃，德生燃起三炷香，双手举在眉间，向神台四方依次作揖。这边，贵生迎着柴火烤热了鼓面，来到神台左侧石凳上坐下，他抬眼看了一遍立在神台前的山寨老幼，"咚！"一挥鼓槌，唱起《嘎博呀》：

　　　　　　我的鼓啊，左是公来右是母

　　　　　　金刚藤条作皮筋

　　　　　　白羊皮子来绷鼓

　　　　　　敲一下人听到了

　　　　　　敲两下神听到了

　　　　　　敲三下人神都听到了

　　　　　　天上的神　请啦

地下的神 请啦

神坛上已摆好了祭品

神坛前 众人都已经聚齐

哎嗨！ 众人都已经聚齐！

唱至此处，贵生起身来到神台前，举鼓躬身一拜，"咚！咚咚！……"转身一挥鼓槌，踩着禹步跳起了释比祭神舞蹈……

红色火焰从神台前那堆由几十根手腕粗的紫柳丛起的柴堆里蹿起，和着贵生的鼓点、唱音、舞步跳动闪耀。艳丽的光焰辉映着四周的古树老墙，整个崴孤山头明亮生动起来。我立在一寨老幼中间，释比在火焰里击鼓舞蹈的身影辉映在他们的眼仁，明亮清晰又飘忽不定；回响在山谷里的鼓点、唱音，仿佛从时光深处飘来……

那个落叶飘零的午后，一群羌人向龙溪山谷最深处走来。他们扶老携幼，却首尾相连彼此照应。这是一群经历了长途迁徙的部族。他们来到三面绝壁的崴孤山头，男人们拾来香柏枝垒成一座巨塔，在擦击白石的清脆声响里，一缕青烟从香柏塔尖轻盈飘起，如一条青色羊毛线直向深远的天空飞升。众人仰望天空泪水奔涌而出。啊，这是一种吉兆，是天人相应的吉兆！红色火焰很快从香柏塔里挥舞起来，整个山谷如同沐浴在雨后绚丽的霞光里。那位鼻梁高耸、眼窝深陷的老者，从单面羊皮鼓中取出一顶金丝猴皮帽，戴在头顶面先向四周抱拳作揖，然后举起羊皮鼓引领着历尽艰难的族人们，向天地神灵、向四面山水齐声祈祷。一声声渴望接纳、渴望安居的祷辞飘向四周的山林、溪流；一声声渴望与人、与大地和睦相处的鼓音飘向山谷，飘向天际。

此刻，这群古老羌人的后裔同样站在这个山头，同样在一位鼻梁高耸、眼窝深陷的释比引领下唱诵击鼓，却要向曾接纳他们的山林树木、田园溪流，向护佑他们的神灵，向生养他们的祖先父母告别了！贵生收住禹步，放下羊皮鼓，摘下猴皮帽，与刮斯姆德生跪在神台前，向祖神玛比作最后祷告："尊敬的玛比神啊！我们就要远走他乡了！您知道，我们每个人的心里都有祖先神灵，我们一旦有了落脚之地，三年内就回来接您！"

贰拾伍

这次搬下去，
就是二十一个地头了

袁德才一生颠沛流离，曾以为60岁以后，高山夕格便是自己漂泊半生之后的身心归宿，没想到，现在又要和所有夕格人一样，与认定是一生归处的山寨别离了。他怀抱作为献祭牺牲的绵羊，走向那块代表祖神玛比的白石，嘴唇颤动几下，献祭的话语没吐出一句，两行泪珠先从眼眶滚了出来。

袁德才祖上姓韩。先前爷爷三兄弟逃难到东门口，大哥、三弟去了理县蒲溪，老二走进龙溪沟，被三座磨余家收留打长工。老二勤快，余家喜欢，便将女儿许配，一年后得一子，取名韩五清，便是袁德才的父亲。

五清长到二十来岁，经人介绍到马房寨袁家上门，改名袁明理。

父亲并非性情温顺之辈，对寨中舵把子的言语指使多有违逆，受其逼迫，便带着妻儿迁到夕格沃多梁子的岩窝居住，第二年在岩窝里生下了袁德才。过了五年，父亲带着一家投奔茂县石鼓亲戚帮人收割鸦片。收割鸦片的活路难免是非纷扰，一年后便又带着妻儿迁到正心桥砍竹修索桥。

此后，袁德才跟随父母在茂县、松潘、黑水之间的干疙瘩、百步村、撮箕寨、沙坝……种地、挖药、当背夫。十四岁成年，袁德才开始在松茂古道上以背运货物为生。那几年，少年袁德才穿着草鞋背负一百多斤干猪膘或马茶，从茂县沿着岷江两岸的山路而上，到松潘交了货领了工钱，再背回甘松或羊毛从松潘到茂县。背一次重物上下单程六天，袁德才白天背货，晚上歇下来打草鞋。打好的草鞋除了自己穿，还可卖给松茂古道上的其他背夫。

1949年隆冬的一天，一支部队来到沙坝，部队军官十分客气，买柴、买粮照价付钱。见袁德才一家贫苦，父母却染上了烟瘾，军官哀其不幸、怒其不争，苦劝其父母戒掉鸦片回老家，打倒地主分田地。此后，袁德才一家辗转三龙、黑猫寨……回到龙溪马房寨。直至1979年才迁到夕格。从前，夕格五寨只有杨、王、陈三姓，袁德才一家从马房寨迁来，多了一个袁姓。袁德才的三女儿福华嫁给了大爸德生的二儿子永富，与杨家人结成了亲家。

贵生、德生、袁德才一路相扶下山，看着一寨老幼告别玛比，各自走向即将舍弃的家园，万千感慨从老人心中涌起。"松潘下来一朵云，端端照在茂州城。"那些早已隐没远逝的歌谣，越过几十年的光阴岁月从心底涌来："冬月茂县背腊肉，腊月松潘背羊毛……"低回沉郁的歌声在山谷间回响，归途中的老人们驻脚相望，低声应和，一个个泣不成声、老泪纵横。

我和严木初在路口等着三位老人，想上前安慰几句，却又找不到合适的言语。袁德才在我面前停住脚步，抹一把泪欲言又止。

　　"袁大爷年轻时候到处帮人，"贵生说："他想起以前那些经过，心头难过。"

　　"岁数才六十大点，这次搬下去就是二十一个地头了！"袁德才搐一把泪涕说："这二十一个地头，晓得我又落到……"他回头看了看德生、贵生说，"我们几弟兄嗔话都没说过一句，那么呢，共产党的政策让几弟兄走成一路了，管他妈死嘛死在一起！"

贰拾陆

金丝猴的脑壳，
你咋个要供它呢？

从崴孤山头回到家里，贵生将一具用白纸层层包裹着的头骨放到神龛前，献上从山上带回的祭品。

"他帮了释比祖师的忙！"

贵生见我和严木初好奇，将头骨捧到我俩面前，说："我们释比要敬他，每年十月初一刮沃，还大愿，释比向这个'基祖'献祭，给他穿件衣服，就是包一层纸。"

"基祖？"

"就是这个金丝猴的脑壳。"

"这是个金丝猴的脑壳？"严木初有些诧异，"你咋要供它呢？"

"天神玛比把幺女子木姐珠，嫁给人间的猴子斗安珠，木姐珠把天上的野物些吆起，斗安珠背起五谷、杉木、柏树的种子，和释比祖师阿巴锡拉一起到人间。阿巴锡拉飞到雪隆包，累了就歇下来，一歇，就睡着了，一觉醒来，哦嗬，书不见了！阿巴锡拉找了半天也找不到。这时候，树上跳下来一只金丝猴给他说：不要找了，你的书都被那只白羊吃进肚子里去了。阿巴锡拉是玛比让他带着书来帮木姐珠、斗安珠兴家立业的，书没有了，咋办呢？"

贵生将"基祖"放到神龛前，点燃一丛香柏枝，跪下抱拳通白作揖，立起身来又说："金丝猴就给阿巴锡拉说，你去把那

只白羊杀了，用羊皮绷个鼓；书里头的那些内容你记不起来就敲鼓，鼓一敲，就想得起来。"

"哦！"严木初恍然大悟："怪不得你每次还愿、敬神，都要戴金丝猴皮帽，敲羊皮鼓！"

"所以你看每次敬天还愿，敲鼓前我都要先唱：我的鼓啊，左是公来右是母；金刚藤条作皮筋，白羊皮子来绷鼓，雪隆包上拿金水，锣锣山上拿银水……"

贵生重新理了理包在头骨周围的纸，把捆绑白纸的麻绳重新拴了一遍。

"杨伯，"我问贵生，"从纸的厚度来看，这个金丝猴头脑壳可能已经传好多代人了？"

贵生"嗯"了一声，转身将头骨放回神龛，回到火堂边坐下不再说话。我忍不住又问：

"这个头骨是不是最早来到夕格的那个老释比带来的？"

贵生点点头，一脸肃穆。

贰拾柒

——

阿妈，

我是不想丢下您啊！

大爸德生坐在自家门口的平台上，伺弄着一枚小木人。长久积存的油烟尘垢，使这枚人形木雕身形模糊、眉眼混沌。但从五官和发式上细看，让人禁不住联想到那遥远的西域。

"大爸，这是个啥子人哦？"严木初说，"眉毛胡子都看不清了，你还把它当宝贝，把它甩了算了。"

"这个人你敢甩？"老人一脸严肃，"甩了叫哪个心不好的捡到，那还得了！"

听老人这么一说，严木初弄不清大爸是故弄玄虚，还是这位面目怪异的小黑人，真的有着非同寻常的魔力。

"不得了？它有啥子不得了的？"

"你们这些年轻人不晓得深浅！"

老人一副不屑的神情："雪山令，晓得不？扎山，晓得不？这是一个管下索子的神人！你不要看这么小一个，有了它，上山去把索子一下，咒一念，你想叫獐子往索子里钻，它就钻；你想叫豹子往岩底下跳，它就跳。你叫我把它甩了，哪个心不好的捡了，万一他又晓得咒语，去做伤天害理的事咋做？那还得了？"

"哦哟！"严木初刚才对小木人还有些轻慢，还以为是一个过时的儿童玩具，听大爸这么一说，对其顿生几分敬畏。

5月7号清晨，大爸德生来到贵生家，与贵生一起收拾祖传释比法器。兄弟俩一声不响地将铁链、响铃、兽角、戒刀、神杖、羊皮鼓、金丝猴皮帽、金丝猴头骨……一件件轻手轻脚地放入麻袋。二人对我和严木初的提问充耳不闻，全然不像前些日子在"地边论坛""火堂论坛"上那般有问必答，高谈阔论。对于贵生、德生兄弟，此刻不仅是故土难离、祖先难离、神难离、与自己同甘共苦的耕牛、驮马难离。让兄弟俩更为不安的是，延续数代的杨氏释比传承，不知今后会遭遇怎样的命运？这些古老释比法器今后将何去何从？谁能预料？

收拾好释比法器之后，德生、贵生兄弟带着杨氏一族老幼来到母亲坟前向母亲告别。众人在坟前跪下，"阿妈，您在这里活了八十六年，"贵生刚一开口，便已哽咽，"您的儿孙……要远走他乡了……"大哥德生抹一把泪涕，颤抖着双肩说："阿妈，您把我们从一尺五寸抚养成人，我们成人了，却要搬起走了……我现在都七十五岁了，您知道，我是不想丢下您啊！"

2009 年 5 月 6 日，离"5·12"汶川大地震一周年还有 6 天，释比贵生全家离开长年相守的石屋，离开世代居住的夕格羌寨向山下走去。全家人将到山下的东门口，与夕格、直台两寨的 700 多名男女老幼会合，一同迁往 200 公里外的邛崃南宝山。

释比贵生身背羊皮鼓、怀抱释比祖师头骨，向世代居住的山寨，投下最后一眸。

这么大个城市

怎么就闻不到神的味道？

2009年5月8日上午，十多辆绿色军用卡车和十多辆大客车，载着夕格、直台两寨的700多位村民和他们的家具、粮食，离开汶川县龙溪乡东门口，向200公里外的邛崃驶去。

三个月后，"羌绣帮扶计划"与现代传播集团在香港举办"传承爱，助力羌绣计划"活动，邀请贵生、永顺父子去表演释比舞蹈。这时，南宝山的住房还没有建好，夕格、直台的700多位村民还居住在邛崃城郊的救灾板房内。我接上父子俩来到成都，第二天就和帮扶中心的李丹几人一起，乘飞机飞往深圳。

在深圳下了飞机，大家坐火车去香港。

"咋香港也有这么多山呢？电视里看到的是个挨着海的城市嘛！"

贵生、永顺看见香港也有山，很是惊奇。俩人把脸贴在车窗，开始研究起香港的山坡和树林来。

"那片二阳坡草不深，挖得到黄芪！"贵生说。

永顺把手掌和脸在车窗玻璃上贴实，辨认着快速向后退去的山林、草坡。

"草坡下坎那片矮树林里，应该有羌活！"永顺说。

"杨伯，你俩爷子干脆留在香港挖药材卖算了，"我说，"这里有钱人多，药材价钱好！"

"好嘛！"贵生转过紧贴车窗的脸说，"那你也留下来，我和永顺负责挖，你负责卖。"

下了火车，活动承办方派来的面包车接上我们，直向高楼深处驶去。贵生之前到过成都和北京，他贴着车窗一路欣赏着香港的街景，随时发现并适时向永顺介绍香港与成都、北京街道和建筑的相同与不同。

"哎呀！"

贵生贴着车窗正试图再次发现香港街道的新奇之处，忽然，眼前的高楼大厦"刷"地一下消失在一片暗影里，贵生惊叫一声，拧头四下一望，才回过神来。

"咋钻山洞了呢？"

"这不是山洞啦，这是海底隧道的啦！"司机笑了笑说，"我现在拉着你们在海里面走的啦！"

"哦哟，"贵生一笑，"海里面走！"

出了海底隧道，汽车开进更为繁华的街区。走走停停绕来绕去终于在一家宾馆门前停下。

"哦哟！"父子俩下车四周一望，视线一下被挡了回来。一仰头，才看见头顶有一小块天。

"我拉着你们在海里面走的啦！"

贵生学着司机的腔调，哼哼着说："我还以为他要拉我们到龙宫里去见龙王爷呢，结果把我们拉到房子堆堆里来！你看这些房子，比嵼孤的岩还陡、还高，往上一望，帽子都要望落！"

"嗬！"永顺仰着头原地转了一圈说："就像进了山王庙后头的杉树林，只有簸箕大个天。"

"哼！"贵生更是不屑，"那些杉树还有丫枝哩，它连丫枝都没有，一根根干柴棍子一样戳起。"

大家提上行李进宾馆，刚走两步，贵生一把拽住我衣袖，眯着眼嗫着嘴唇，鼻子往空中翘了翘。

"这香港山上不长黄芪，也不长羌活。"

"咋呢？"我问。

贵生又翘了翘鼻子。

"你闻嘛！"

在接下来的几天时间里，贵生走在香港街上，和他前几天到成都时一样，总爱翘着鼻子吭吸城市的空气。我问贵生：

"杨伯，你又在闻啥子？"

"怪了！成都那么大个城市，尽是火锅的味道！这香港呢，又尽是汽车的味道，盐巴的味道，咋就闻不到神的味道？"

贵生又往空中翘了翘鼻子，"也闻不到鬼的味道！"

贰拾玖

——

这是香港回归的标志

你敢爬上去咬它？

在前台拿了房卡，李丹拿出"日程安排表"宣布："放下行李抹把脸就下楼。我们先去拜访订购我们羌绣产品的那家公司，杨伯、永顺晚上去熟悉场地，排练一下，明天下午彩排，晚上演出，早上呢，大家可以睡个懒觉。"

"咋天远地远跑到香港来睡懒觉呢？"

贵生一听急了，"还是要带我们到哪里看一下、照个相哦！回去也好给永顺妈妈、群星、大爸、左邻右舍些看一下，不然说我们到过香港，证明都没有一个。"

"只有一个上午，"李丹说，"那就在附近街上转一下，我们都第一次来香港，也不晓得哪里值得参观。"

"去看那个黄金做的紫荆花，再到时代广场去看一下，早点去早点回来。"

"咦！"李丹有些诧异，"永顺，你咋晓得这些呢？"

"我在夕格的时候就晓得。"永顺笑了笑说。

原来永顺在羌寨看电视，知道香港有个用黄金做的紫荆花，是专为纪念香港回归铸的；还有一个时代广场，是市民和明星们聚散出没的地方。他认定这是香港的中心，类似于北京的天安门广场。在山寨运气好的时候，才能和村民们在电视屏幕上看上一眼，现在人都到香港了，哪有不去参观留影的道理？

天刚蒙蒙亮，我和李丹在贵生父子俩不间断的催促下起床洗漱，昨晚约好的车准时来到宾馆门口，一路把我们拉到香港会展中心，新冀海旁的金紫荆花雕塑旁。朝阳即将升起，正好给父子俩拍照留影，我赶紧取相机装胶卷。

"咦！"我装好胶卷一抬头，"永顺不见了？"

"爬上去了。"贵生一指。

我抬眼一望，永顺已爬上两三米高的圆柱基座，正伸着脖子亲吻着金紫荆花。

"永顺，你做啥子？"

永顺听我一喊，纵身跳下走过来嘿嘿一笑："电视里说这是国家用几百斤黄金做的，我咬一下，看是不是真金。"

"永顺你胆子好大！"李丹说，"这是香港回归的标志，国家花重金做的，那么神圣的东西你敢爬上去咬它！"

永顺一听有些后怕，左右一望，四下空无一人，这才放下心来。

在羌寨时，村民们每日黎明便在雀鸟和牛羊的叫声中醒来，开始生火做饭、放牧耕种。父子俩纳闷：昨夜看了表演场地之后去吃夜宵，半夜三更大街小巷人头攒动灯火通明，而现在，太阳出来天都大亮了，怎么街头海边还见不到一个人？昨天下午去参观那家公司，那么好的天气，为什么还把窗子关得严严实实，空调开得像冬天一样？

来到时代广场，已是早上 8 点，广场上依然行人稀少。父子俩蹲在街边，对著名的时代广场大为失望。

"啥子广场嘛，和夕格的耕地差不多，巴掌大一块。"

"你看人家北京的天安门广场、成都的天府广场，啧啧！"

在此之前的 2008 年 11 月，贵生曾和龙溪巴夺寨的朱金龙，受刚刚启动的"羌绣帮扶计划"邀请，到北京参加博鳌公益论坛。春节前夕我和严木初等四人到夕格过年时，贵生刚从北京回来不久。

"啧啧！好宽！好大！那才叫广场嘛！"

贵生对天安门广场的宽广气派大为赞赏："中央领导跕的地方，就是不一样！"

"杨伯，这次到北京，好不好玩？"严木初问。

"啥子都好，就是不要我喝酒！"贵生对此十分不满，"坐飞机就不要我喝，开会、表演也不要我喝，到宾馆李丹才给我买来一瓶，我一喝，呸！马尿！"

"马尿？"

"说叫啤酒！"

"那你在北京见到中央领导没有呢？"

"胡主席、温总理没见到，倒是见到了毛主席。"

"毛主席？"大家惊问，"你是去毛主席纪念堂见的毛主席吧？"。

贵生"嗯"了一声，叭叭咂了几口长烟杆中的蓝花烟说：

"那么多人，我最佩服的还是毛主席！"

叁拾 ｜ 入乡随俗 依人家的规矩

下午彩排，贵生、永顺父子身背羊皮鼓、手握神杖、抱着哂酒坛来到表演大厅。"杨伯，"活动总监雷迦迎上来说，"灯光和音响还要调试一下，模特在后台试穿咱们的羌绣衣服，你们自己找个地方先休息一下，好吗？"

贵生朗声回道，"好！咋不好呢！"

"杨伯，"李丹见贵生高朗的声音引来周围侧目，上前拉着贵生衣袖轻声耳语，"这里的人说话都轻言细语的，不像我们四川人。我们说话都尽量小声点，站啊坐啊尽量注意一点。"

"嗯！"贵生点点头，回头推着我与永顺一起退到隔壁过厅。永顺放下肩上的羊皮鼓，用指尖敲了敲鼓面。噗噗噗……见羊皮鼓发出如此疲哑的声音，"哎呀！"永顺摇了摇头说，"这个地头太潮了。以往在夕格敬神、还愿，在萝卜寨表演，都要先把鼓放在柴火边烤一会儿，声音才响亮，马上要上台彩排，哪里有柴火呢？"

"这儿找不到柴火的。"我说，"等会找个吹风机吹一下，后台给模特化妆那里好像有。"永顺"嗯"地答应着，却把目光投向墙边那盏从屋顶投下的射灯，捧着羊皮鼓到那束微弱的灯光下烘烤鼓面去了。

贵生见四周并无椅凳，便在地毯上坐了下来。

先前在夕格山上放羊时，贵生总喜欢找一块草坪坐下，静静地看着羊群在身边吃草喝水、撒欢咩叫。贵生用手摸了摸肥厚的地毯又摇了摇屁股，体会着草坪与地毯的异同。若论松软舒适，这地毯并不逊于夕格山野的草坪；若论眼前景致，墙上一直冲着自己微笑的那几个女孩，虽然不会像自家羊羔那样，围绕着自己撒欢咩叫，但她们那优雅的服饰、秀丽的脸庞、可人的微笑，倒真如那欢实的羊羔一样可人，一样赏心悦目。

在山寨，山民们可以隔着一条深沟，彼此望着对面的山寨、麦地放开嗓子嬉笑吼闹。春节前到山寨之前，周乡长就这样向我介绍夕格五寨的"寨情"：交通基本靠走，治安基本靠狗、通信基本靠吼……

"哎，陈三娃，看到我家花脚脚母猪没有？"

"噢，又跑来找我家的牙猪了，又发情了！"

"哎，一便给喂点食食噢！"

"噢，王幺妹哩，你咋不跟你家的花脚脚一样，跑来找我噢？"

"哎，陈二嫂嗳，帮我捡一坨牛粪把陈三娃的嘴塞着！噢……"

双方随性嬉闹的话音，在空寂的山谷里飘来荡去，无拘无束。

平时在楼顶、地边相聚，大家往石板、草坪或土坎上一坐，天上地下、神仙凡人、官场农家、老熊野猪……，高喉咙大嗓子自由讨论、随意争辩，即便有人不小心当众放一个响屁，大家也吓吓吓一阵嬉笑，屁臭也顷刻随风飘散。

"站啊坐啊尽量注意一点！"

贵生见一旁经过的金发模特儿摆一摆指尖冲自己一笑，一下想起李丹刚才的话，手一撑从地毯上弹了起来。

"不坐了？"我问贵生。

"还是要注意一点！"贵生四周一望，"昨天、今天，大街上、楼道里，没看见有一个人在地上坐，没听到有一个人放开嗓子说话！入乡随俗，依人家的规矩。"

"也对！"我说，"这里的人有他们的讲究，你看我们昨天去参观的那家公司，那么多人挤在一起上班，清风雅静的。听说他们把空调开那么冷，是为了让老板和员工都穿西装、打领带。"

"嗯，打领带！"贵生沉吟一声冲我一笑，"怪！我们寨子上的人穿衣裳，爱拿根带子拴腰杆，他们呢，爱拿根带子勒颈项。"

天神玛比同意幺女木姐珠

嫁给这个人间的斗安珠

斗安珠背着五谷杂粮的种子

木姐珠呢

把山上的野物些吆起

一起就到人间

阿巴锡拉就是飞铁祖师

阿巴锡拉背起经书

飞到雪隆包

金丝猴就给他出了个主意

经书都没得了这个咋做呢

经书是带下来帮着木姐珠斗安珠安家立业的

你不要找了

经书已经被白羊吃到肚子里去了

这个金丝猴就给他说

哦嚯一醒经书不见了

他累了

把白羊杀了崩个鼓

鼓一敲

经书里头的内容些就想起来了

嗨羊皮鼓一敲果然就灵验了你看

以后我们释比 还愿 敬天地

都要敲羊皮鼓

金丝猴的头帽戴起

金丝猴当祖师来供……

九 年 之 后

叁拾壹

一双砍柴啄地的手，

哪会伺候茶叶？

2009 年 5 月 8 日，夕格、直台两寨的 700 多位村民，离开汶川县龙溪沟，乘车来到 200 公里外的邛崃，在临邛镇郊区的临时安置区住下。

"快来看呀！那是啥子东西啊？"

第二天一大早，值守安置区的工作人员忽听有人喊叫，趿着拖鞋冲出一看，几个正在板房外洗漱的羌寨女人披着长发，用手中的梳子指着前方惊呼：

"快看呀！那是啥子东西啊？"

工作人员顺着女人手中的梳子看去，此时红日初升，城郊一片安静，并未见到有何异物。

"没有啥子东西呀！"

"红的啊！圆的啊！那么大一个你看不见啊？"

"那是太阳嘛！"

"太阳咋是红的？咋是圆的？"

此时，几个山寨男人听到叫声也跑了出来，这几个男人地震前在都江堰打过工，见多识广。

"哎呀，你们这些女人！《敬爱的毛主席，你是我们心中的红太阳》……歌你们都会唱，不晓得有红太阳？"

"我以为是个比喻，咋晓得真的有红太阳呢？还是个圆的。"

两位值守工作人员一脸困惑，他们生于四川盆地，长于川西坝子，怎么也想象不到岷江上游深谷高山中的山民，他们每天见到的太阳，早上八九点从东面山头跳出来，下午四五点钟从西面山梁滑下去，总是在纯净的天空放射着白色光芒刺着人眼。即便是阴雨天气，也如一粒白头粉刺在灰色的云天时隐时现，哪里见过书上所说的"一轮红日"？哪里知道"红太阳"并不仅仅是对毛主席的比喻，还真的有这么一个？

四个多月之后的 9 月 21 日，700 多位村民告别临邛城郊的救灾板房，一同迁居南宝山，住进了新建的楼房。直台村民所居新村，沿用汶川老家寨名——直台；夕格村民安置地原是劳改农场住地，名叫木梯，如今换人不换地名，新村仍叫木梯。

两寨羌人迁居之地，是南宝山监狱迁走之后遗下的几个茶场。茶场管理人员居住过的平房外墙和关押犯人的监狱围墙上，还残留着许多当年的红色标语。这里长年浓雾笼罩，阴雨不绝，偶有云开雾散阳光洒落的天气，村民们便似江南人遇着一场大雪，欢喜得挨家挨户推门相告。雨淫雾重，长不好庄稼，却宜于种茶叶。当年力主搬迁的官员和寨中"主迁派"户主，原想每人分得两三亩茶园，即便不能"以茶致富"，也可成为脱贫奔小康的"支柱产业"，怎知晒惯了太阳、使惯了牛马、烤惯了柴火的山民们，哪肯终日在绵绵阴雨中伺弄茶树、采摘茶叶？永富就说："一双砍柴啄地的手，哪会伺候茶叶？"无奈，众人只得把茶园转租给成都一家公司，每亩一年收 300 元租金。每人两亩茶地，一年收租 600 元，自然不足以维持日常开支，除挖点野山药、采点鲜竹笋之类的季节性收入外，每人每月享受的 309 元低保补贴，成了最稳定的收入。

寨中七八岁至十五六岁的孩子，大都在山下的火井中小学，或成都附近的职业技术学校读书，二三十岁的年轻人有些去了外地打工，有些和中老年人一起留在寨里。众人常年吃低保总归不是长久之计，村干部们抠破头皮终于想出好主意，夕格（现叫木梯）、直台两个村子 700 多名古羌后裔，保存了那么纯朴的羌族民风，又有那么完整的释比文化传承，何不发展古羌民俗旅游产业？政府为村民们修建的住房那么宽敞，水电齐备，接待客人岂不正好？

村民与乡村官员为找到这脱贫致富的良方欣喜万分，于是请来旅游专家帮忙策划打造。专家前来一看，这些水泥白墙的新式楼房，完全不似古老羌寨石楼木屋的样子，如何招揽游客？专家长于"策划""打造"，长于争取项目经费，很快说动政府拨款一千多万，给全寨所有楼房重新穿衣戴帽，给白色石灰外墙贴上仿真石板，模仿羌寨石屋。

三年之后，穿衣戴帽工程终于完工。远处看去，石墙几可乱真，但房屋结构、四周田园圈舍，却与老家羌寨天壤之别，各户的室内风貌陈设，经村民们赶时尚追潮流一番布置，与内地普通家庭并无二致。

一开始，释比贵生、刮斯姆德生两兄弟，对打造古羌民俗旅游产业的策划，举双手赞成。二人心中窃喜："让年轻人养成春来不杀、秋后感恩的习惯，让游客也晓得人鬼神相通的道理！嗯，看来自己的一身本领，祖师传下的那些敬天还愿、驱邪纳福的法器，又可派上用场！延续数代的杨氏释比传承，又将绝处逢生！"

但随后几天，兄弟俩听了专家的一套"策划"，接受了专家的几番"导演"之后，大失所望，心都冷了半截，再也不肯与其配合。"释比的鼓，哪里是有事没事随便敲的呢？"贵生说，"释比敲鼓跳舞，敬天还愿，都是有规矩的，哪里是你喊咋敲就咋敲？你喊咋跳就咋跳？又不是办锅锅宴耍把戏！"

如此一来，"打造古族民俗旅游产业"的事业，一时便没能轰轰烈烈开展起来。政府官员、旅游专家和村民们都有些失望。但失望归失望，也不能终日坐等那一年600元茶地租金和每月309元低保补贴而无所事事吧！众人并不灰心，退而求其次，搞农家乐！南宝山山高雨多，常年气温比山下的邛崃、成都要低四五摄氏度，一到夏季，便有不少都市里的客人前来避暑。这些客人多是退休老年人，长于精打细算，每人每天三顿饭菜加住宿，根据是否是山猪、野菜、土鸡蛋，有无机麻、沐浴、电热毯……诸多条件，作出分级论价，收费100至120元不等。这样下来，虽然收入不算丰厚，加上卖点野山药、野竹笋之类，村民们的日常起居，倒也不难。

叁拾贰

不打不相识，
一打打成了一家人

2018 年 9 月，我带着摄制组来到邛崃南宝山，延续纪实电影《寻羌》的拍摄。

四季更替，生死轮回。此时，大爸德生的大儿子永寿已病逝。当年成天喜欢和虎皮小猫玩耍的文理，已长成 16 岁的少年，妹妹群星已出落成亭亭玉立的少女。兄妹俩在邛崃一所中学读书，周末才与本村同学结伴回家。刚到南宝山那几年，每逢周末，文理、群星欢声笑语回到家里，总爱倚在爷爷奶奶身边撒娇，缠着老人讲故事，看爷爷擦拭他羊皮鼓上的霉垢，陪奶奶做饭、喂猪……这两年有了手机，兄妹俩对微信和游戏产生了兴趣，对爷爷奶奶的亲热劲，一下转移到手机身上去了。

贵生的大女儿彩华，在十年前的"5·12"地震中失去了丈夫，迁居南宝山后与龙洞村的杨兴祥结婚，女儿钰均已三岁。永顺带我到龙洞村彩华家做客，三岁的钰均跟爸爸、奶奶说话，奶声奶气一口邛崃口音，一拧头，和妈妈、舅舅又咿咿呀呀用羌语。见此情景，我一下想起九年前，村民们刚从临邛镇临时安置点搬到南宝山没几天，永顺给我打来电话：

"我们和当地人打了一架，来执法的面包车都让我们给推翻了！你来不来拍呀？"

"你架都打过了，咋拍？难道叫你们再打一架？！"

"哈哈哈……不打了，不打了！"

回想此事，尽都感慨："真是不打不相识，一打打成了一家人！"

永学地震前在汶川医院截除了左下肢，迁到南宝山第三年，受民政部门照顾，到成都一家医院安了假肢，如今在山下水口镇一家公司上班。这家公司从事动物死尸无害化处置，永学负责处置前后的登记与监控。摄制组到南宝山那天，正赶上永学的婚礼。新娘是邛崃人，婚礼依羌寨风俗操办。从汶川老家赶来的亲人，和本寨村民汇成一处，咂酒烤羊、锅庄萨朗、豪歌纵饮，看得新娘的亲人们哦哟哦哟连声称奇。

把酒言欢的人群中，我看见了永清的身影，提瓶举杯上前相敬，二人一番豪饮。我四下一望，未见永清哥哥同来，便问："你哥哥的病后来犯过没有？"

"那年请姑父拯治过后，就再也没有犯过了。"

两个月之后，拍完那段"迁徙与回归"的动人历程之后，永清邀请摄制组到巴夺寨休整。那天刚到永清家门口停下车，就看见永清哥哥背着一大背白菜，远远地与我们打招呼。华尔丹说："我们去采访一下永清哥哥，问一下他现在的精神状态。"几人扛起摄像机正要前去，"哎呀！"场记李梅说，"我们这样去不要把他吓倒了哟！再去问以前那些事情，万一把病给逗犯了，咋办？"大家转身把目光投向贵生。"病都好了，"贵生说，

"就不要再去惹他了。"

清根现在已是一名初中二年级的学生，长得比奶奶还高了。听说清根刚做了正骨手术，我和"小雨滴"张莉相约到直台村看清根。"5·12"地震之后，张莉与十多名志愿者经过千难万险，来到汶川龙溪沟，在地震废墟中办起"小雨滴"帐篷学校，给重灾区的孩子们上课。迁居南宝山之后，张莉又常来南宝山直台村，为孩子们讲读传统文化经典，带孩子们到北京等城市，与都市里的孩子交朋友。清根腿有残疾，当年在"小雨滴"帐篷学校，备受张莉等志愿者鼓励，心存感激。

"哎，张阿姨！"

清根燃起一堆干柴，正与奶奶在门口烤火，忽见张莉出现在眼前，惊喜万分，"奶奶，张阿姨来啦！"

一年之后，我和华尔丹到南宝山直台村看清根，奶奶说清根去了双流一个叫志翔的技术学校上学去了。我们开车到志翔职业技术学校，见清根走路比先前轻快了许多。清根说自己所学的专业是无人机。临别时，清根与我加了微信，他的昵称叫"放肆"。

叁拾叁

那个戴嘻哈帽的女孩

衣着好潮啊！

近几年，常有人专程到南宝山来探望夕格、直台羌人，这些人大多在"5·12"汶川地震之后参与了对地震灾区的捐赠、救援，与灾区羌人结下缘分，或对古羌民风心向往之。带摄制组到南宝山之前，我先到木梯新村住了十多天。那天到村口下车，见永富、永泉几人正和一对探望者聊天："老乡，你们在忙啥子呢？"

"我们在搞外貌！"永富抢先回答。

"你们跟哪个国家搞外贸？"

"跟哪个国家？"永富一脸疑惑。

"我们在给房子贴皮皮。"还是永泉反应快。他指着头上的黄色安全帽，又指了指靠着房屋外墙的脚手架和墙面的仿真石板说。

永学结婚那天早上，一群人在广场准备喜宴。

"这里的年轻人还很时尚的嘛！"

华尔丹扛着摄像机拍了一圈过来说："你看那个戴嘻哈帽的女孩衣着好潮啊！"

"戴嘻哈帽那个女孩，是哪家的？"我问永富。

"是群惠嘛！你不认识了？"

"哦哟，群惠都这么大啦？"

"都当老师啦！从幼儿师范学校毕业几年了，现在在南宝山幼儿园当老师，彩华的女儿钰钧，就在她那儿上幼儿园。"

"群惠这么争气，再不用你操心了嘛！"

"哎呀，现在这些年轻人，一天搞精搞怪的，现在不叫群惠，自己给自己取了个名字，叫杨美。"

"哦哟，换了个洋气的名字，衣着打扮也跟着洋气了！"

群惠是永富二女儿，当年迁往南宝山前，全村各户的户主都签了字、按了手印，唯独永富不肯签字按手印。周乡长的"车轮战法"对他毫无作用，万般无奈之下，众人推举么爸贵生去做说客。贵生前往劝说，被永富怼得无言以对，正想拂袖而去，这时群惠从山下回来，说在学校请了三天假，回来帮着家里收拾东西。贵生灵机一动，对永富说："大家都走了，只留你们一家人在这儿，人少了树林长密，野猪、老熊就会多起来，你两个女儿咋办？群惠群丽这么漂亮、这么听话的两个女儿，你把她们留在这儿变野人？书也读不成，你要把女儿一辈子都耽搁了？"

说到女儿，永富的心一下软下来，第二天便去找乡长按了手印，收拾东西和大家一起离开了山寨。

"你那年还想留在夕格不出来，"我说，"你看人家群惠、群星她们现在多好啊！"

"她们好我不好！"永富嘴一撇说，"你看这儿雨水那么多，太阳也见不到，茶叶又不会种，打工又没啥子手艺。三爸三妈和龙清他们几个都回老家去了，我每年也要回去几个月，挖点天麻、啄点虫草，太阳晒起、柴火烤起，还安逸。"

一年之后，我和华尔丹陪全纳教育的老师去南宝山幼儿园采访，又见到了群惠。群惠衣着同样入时，头发束在头顶扎成一个圆球。

"这是现在特别流行的头式，"华尔丹说，"叫丸子头。"

叁拾肆

夕格、南宝山，

哪里才是我们的家？

几年过去了，两寨的老人始终不习惯南宝山的阴雨天气。让老人们更不习惯的是，一家人不能紧密围绕在以铁火圈为中心的火塘周围，一起生火做饭，一起喝茶聊天。每家人围着那让人头晕脑胀的煤气炉。以电视机为中心，老人要看新闻，年轻人要看电视剧，小孩抢遥控器要看动画片和娱乐搞笑节目。全家老小，儿子儿媳、孙儿孙女坐在一起，电视剧里那些男女，动不动就打情骂俏、搂抱亲嘴，你说叫人别不别扭？难不难堪？

　　好在南宝山不缺树木柴火，大爸德生在寨子对面的树林里搭了一间小木屋，建起火塘，把从夕格背下来的铁火圈、火钳、铜壶一应用上，独自享受老家的火塘生活。直台寨离木梯寨七八公里，老人们一遇阴冷天气，便拾来枯树老枝，相聚在村口岩窝里生火取暖、唱歌聊天，谈论时下风俗，重温从前生活。

　　农活比先前轻松了许多，年轻人平时守着电视机看看宫斗穿越、选秀征婚，搓几圈麻将、玩一会儿手机，每个人脸上的皮肤比在夕格时柔和松软了不少，一个个腰身都粗了一圈，"地边论坛""火堂论坛"也就失去了召开的机缘。大家一边享受着安逸轻松，一边又着急着找不到一个更好的挣钱门道。

　　直台寨的何清云夫妇要供养三个儿女读书，光靠每人一年600元茶地租金、每月309元低保补贴，和经营生意并不很好的家庭农家乐自然难以为继，夫妻俩回到直台老寨收拾了自家的老屋，开始在野地里种植天麻。我和华尔丹、永清三人从巴夺寨出发，在荒芜的山路爬行五个小时来到直台老寨。夫妻俩在野地树根下种植的天麻受老鼠偷食，正为没有办法应对犯愁，我们在夫妻俩收拾的老房里住了一晚，出了一些对付鼠害的主意，买了几斤天麻，说了一些鼓励宽慰的话，内心为不能切实地给予夫妻俩一些帮助深为歉疚。安得广厦千万间，大庇天下寒士俱欢颜？

直台寨陈学龙的收藏得到了邛崃政府的重视，将火井古镇的一栋西式洋房辟为羌族民俗博物馆，展览他多年收集的古老器物和陈年生活用具、饰品、衣物等。

被老熊挖掉鼻子的三爸水生，果真带着老伴和女儿女婿回夕格去了。三年前的秋天，我和贵生相约去看三爸水生。近年来，阿坝州汶川、理县、茂县、小金等县，已悄然成为成都地区的重要蔬菜、水果货源地，垮坡寨几户人家为将夕格五寨遗下的耕地重新利用，大面积种植蔬菜，已将公路修到三爸水生的家门口。我和贵生下了车，远远看见三爸坐在山坡上，一群绵羊在他面前悠闲地吃着草。三爸认出了是我和贵生，拄一根木杖沿弯弯曲曲的山路而来。

"三爸在南宝山也分了房子也有家的吧？"我问贵生。

"他喜欢跕在这儿，祖老先人也都埋在这儿！"贵生四周一望，像是在回答我的话，又像是在自言自语，"夕格、南宝山，哪里才是我们的家？"

叁拾伍

——

唉，

还是死在了

人家的地头

贵生、永顺父子受邀到成都宽巷子 24 号"一针一线"院，参加"5·12"汶川大地震十周年感恩答谢活动。活动结束后，我与华尔丹、小李妹陪着父子俩去参观成都时尚街区太古里。刚走出地铁口，永顺快步走上前来把手机递给父亲。

　　"嗯！"贵生接完电话立在原地半响不说话。

　　"有啥子事？"我问贵生。

　　"杨采琳走了。"贵生停了好半天才说。

　　我脑海里立时浮现出九年前，周乡长召集全寨村民开会的那天，杨采琳对着我的镜头流泪诉说的情景。

　　"杨采琳岁数不是很大吧？"

　　"今年 75 岁，大我 4 岁。她爸爸是我堂哥，她喊我幺爸，我的上一代释比传人，就是他爸爸。"贵生望一望周围繁华的街景说："我们回去，我答应过她的……"

　　从夕格刚迁到南宝山前两年，杨采琳终日闷闷不乐，每天抬一把小木椅坐在门前，望着对面的大山一言不发。老伴前去叫她吃饭，她却拉着老伴的手说：

　　"我俩还是回去吧！"

　　"回哪里去？"

　　"我们回夕格老家去！"

　　老伴无奈，陪她看了一会儿大山，然后再耐心劝说：

"两个孙儿要上学，述文要去挣钱，咋丢得下呢？"

劝归劝，杨采琳还是吵着要回夕格。众人给述文出主意，让他去请袁大爷劝说母亲。袁德才一生颠沛流离，此番迁居南宝山，已是第二十一个地头。离别夕格时，袁德才也是伤心了好一阵。但毕竟迁徙与离别对他来说，已是家常便饭，所以在一众老人里，就数他最先适应烤煤气炉子，最先适应南宝山的阴雨天气，最先卸下离别故乡的伤痛。

又是一个阴雨蒙蒙的天气，杨采琳坐在门前小木椅上，望着对面的大山，袁德才来到她身后。

"亲家，夕格房子都垮完了，你咋回去？"

"都这么大岁数了，还活得到几年？还不回去就要死在人家的地头了！"

"到处白米养得人，到处黄土埋得人，哪里都一样嘛！"

"我不想死在人家的地头！"

"嗯……"袁德才还想劝说，又找不出合适的话来，转身离去。

过几天，述文又请幺爷爷贵生去劝，贵生端一只独凳在杨采琳身边坐下。

"嗯，采采！"

"幺爸，你啥子都不要说，我要死回老家，看来都不会同意。那就只有靠你帮忙了。我爸爸的鼓你在敲了，到了那个时间，请把我的魂送回去！"

"嗯！"贵生点头。

一片杂草疯长的山坡上，亲人们围在杨采琳坟前焚香烧纸。摇曳的烛光映照着杨采琳的遗像。

"采采，2008年大地震之后，我们丢下自己的老家，到了人家的地头。你在这里生活了九年，现在走了！作为杨家的女儿，陈家的媳妇……"

贵生站在坟前为杨采琳送魂。

"摩尼卦都不是你魂归之处，巴古禹都不是你魂归之处，帕萨禹都才是你的魂归之处！……采采啊！你抚养儿孙含辛茹苦，愿你的儿孙读书成绩优异，愿你的子孙行善积德；愿你魂归帕萨禹都……，魂归帕萨禹都！"

众人各自散去，释比贵生、大爸德生、袁德才三位老人没走多远，便在路边停了下来。

"唉！"袁德才长叹一声，"还是死在人家的地头了！"

三人默默回望着杨采琳坟前的余烟。

"兄弟，你是释比，"过了好一阵，大爸德生才将目光收回，对身边的贵生说，"我们离开老家的时候，跪在玛比面前说好的，我们一旦安顿下来，有个落脚的地方，三年内就回去给祖

过了一天了 过后

她说 我们两个干脆回去
She said, let's just simply go back

嗯 采采
Oh, Caicai

2008年"5.12"大地震之后
After the earthquake in 2008...

太阳之坳不是你魂归之处
The hollows of the sun shall not be where your soul rests

苦累之路不是你魂归之处
The path of bitterness shall not be where your soul rests

愿你子孙兴旺发达
May your children be rich and famous

愿你魂归故土 魂归吉祥之地
May your soul rest in homeland, land of the auspicious

八年多九年了
It's been nine years

始终 觉得这是人家的地头
It always feels like someone else's land

老先人一个交待，把神请来，你忘记了？”

　　“我记得！”

　　“现在都几年了？

　　“嗯！”

　　贵生低下了头。

叁拾陆

——

说过的话，

怎么随便就说

忘记了呢？

"幺爸，有事吗？"

陈永全一抬头，见贵生、德生、袁德才三位老人站在办公室门口。

永全当年在夕格时，是垮坡村夕格组组长，夕格五寨最高行政长官。迁居南宝山后，夕格组升级为邛崃市南宝山镇木梯村，永全任村党支部书记，官升一级。

"找你想说点事。"贵生说。

永全招呼三位老人进办公室坐下。贵生周围一看，想起那年在香港参观的那家公司，油漆办公桌、黑色电脑、灰色文件柜……一应俱全。贵生停住回忆，还是说正事要紧。

"那年我们搬下来的时候许过愿，三年内就回去给祖老先人一个交待，把玛比请下来。"

"哦！"永全抠着头说，"请玛比？说过一下吗？"

"噫！"袁德才急了，"那年迁下来的时候，在玛比神庙说过的嘛！"

"哦！我工作压力大了，想的问题多，一下就忘记了，现在你们还记得哈？"

"说过的话，怎么随便就说忘记了呢？"

大爸一听永全这么说话，有些不快。大爸德生是永全的岳父，永全把目光从老人脸上移回到办公桌，换了个坐姿点着头说："对对对，好好好！"

"除开女人、老小，我们去几十个人，来去的车费，还要买一只白羊，买点香蜡钱纸，"袁德才掰着指拇一一算着说，"这个开销看咋解决？"

"对对对，"永全搓着手中的签字笔说，"说过的话还是要兑现，神许神旺、人许人旺，那就去请！我们地震后搬下来已经八九年了，政府对我们的支持很大，道路、住房比老家好。现在政府又花几千万，把房子外貌做了，有了个好皮皮，但里面的功能要咋个样子来做？我们咋个来利用？这个对于我们村两委来说，是个抠脑壳的事情。我们的低保如果取消了，以后咋办？刚开了十九大，以后政策越来越严，我们2020年要脱贫。请玛比这个事情呢，我们村上肯定要大力支持，因为我们要靠我们的特色文化带动旅游，这是吸引游客唯一的办法。要把旅游产业搞起来，这是唯独的出路。"

"咳，"贵生清了清嗓子正要说话，永全看了看窗外的雨天又说，"虽然我们下来分了点茶叶地，一个人只有两亩，流转给人家公司，公司又没有能力来运作，所以我们啥子收入都没有，那我们咋办呢？房子好我们不可能啃房子吃嘛！所以这么多工作等着我们去做……"

"陈书记你看，"身旁的民兵连长把几份纸质文件在手中抖了抖，他接过永全的话说，"城乡环境普查资料在催办，还有这个森林防火要落实宣传、排查，老百姓很多在喂猪、熏腊肉，必须逐户宣传……"

"哎，"贵生见说了这么久还没说到请神开销怎么解决的问题，刚要开口，话又被永全接了过去，"冬天来了，现在又要过年了，这个时候更是相当的忙！"

"嗯，忙！"

贵生把目光望向天花板，嘟囔了一句，又听永全说："请玛比这事，就只能委托给你们几个老人了，我们就顾不到那么多，有啥子问题，你们就来和我们商讨、反映，我们大家共同来解决。"

三位老人走出村委会大楼，大爸停下脚步，回头看了看身后的贵生、袁德才。

"哦哟，忙得很哦！"

水龙头的水是从哪里流来的？
商店里的米是从哪里长出的？

贵生、德生兄弟来到"羌寨部落"。

贵生的大儿子永顺与儿媳彩文开家庭农家乐，为接待游客方便，在门口挂块招牌：羌寨部落。

彩文正在接待三位舞蹈老师，张珂老师说她生于阿坝州，现在成都经营一家舞蹈机构，带着同事来木梯羌寨，想考察羌族民间舞蹈"萨朗"。

"萨朗的事，吃了饭再带你们去找我家么妹，她跳得好。"

彩文忙着给客人介绍她的农家菜品："我们的白菜没打过农药，打过霜，很甜；我们的腊肉是汶川老家拿来的，很香。"一旁，永顺正玩味着新买的一台二手"机麻"，一抬头，见父亲和大爸站在跟前，手指一摁"机麻"的一个按键，四列麻将便从桌下钻出来，整整齐齐摆放在桌面上。

"你看，好先进！"永顺满脸得意，晃动着手指介绍，"你看，麻将都不用手去码了，专门有个机器在里面帮人码，手一按，呼！就上来了！"

永顺见两位老人背靠墙壁，双手架在胸前，对"机麻"的神奇毫无兴趣，而且一脸的不悦，这才想起两位老人平时最恨麻将。尤其是大爸，他说，"麻将就是以前的鸦片烟，只有不务正业、好吃懒做的二流子，才会成天打麻将。"

"这几年做茶叶生意，赚不到钱；后来又带人去打工，工钱又不好收。"

永顺见老人不高兴，赶紧解释："想了一下，还是在家里开农家乐实际些！为啥要买个机麻呢？因为邛崃、成都这一带的客人，最喜欢打麻将！而且要有'机麻'才肯来住。"

"我们来给你说祭祖请神的事，你给我扯到一边去。"

永顺听了两位老人刚到村委会的经过，眼皮一翻说：

"把神请下来，做啥子呢？"

"做啥子？神是来帮你干活的吗？"

"以前在老家，舀水，要到泉眼里去舀，粮食，要到地里去种、地里去收，一家人要围着火圈生活，那个时间是要敬神嘛！"

永顺现在正有一些新思想诞生，正想找机会说给老人听一听："你们也要晓得与时俱进嘛！现在呢？你看好方便，水龙头一打开，水自然就来了，米、面，到商店里去买点上来就好了！"

"那你说，"贵生放下架在胸前的双手，上前一步说，"水龙头的水是从哪里流来的？商店里的米、面，又是从哪里长出来的？"

永顺眼皮翻了几翻，一时答不出话来。

贵生见永顺不再说话，转身推着大爸，悻悻离去。

噢 你看 你看 现在这个好先进
Look, and look, this is advanced

专门有个机器在里面帮人码牌
There's a robot inside who would do it for you

我给你说察祖请神的事
I'm here to talk to you about bringing Mazu here

神是用来帮你干活的吗
Gods would do your work?

以前 在汶川老家
In our old home town

水龙头一打开 自然水它就来了
Turn on the faucet and water will come

木 面 油街市上买点上来就对了
Sesame Katsuo noodle, just buy it on the street

又是从哪里长出来的呢
Where they grow from?

永顺这娃娃以前不是这样的哦
Yongshun, the kid was not like this

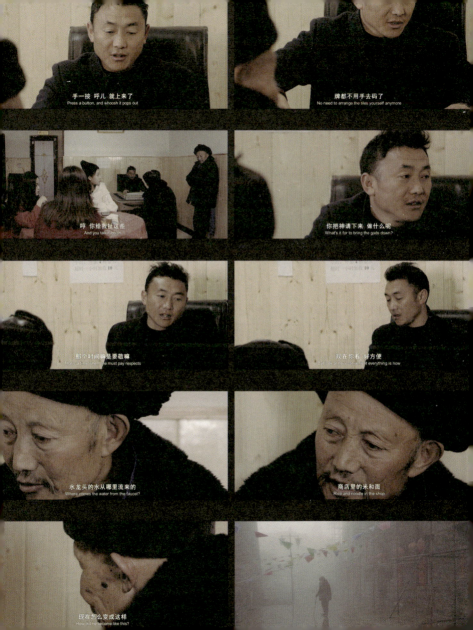

浓雾汹涌而来，缠满电线的水泥杆、站立在仿真石墙边的脚手架、一幢幢楼房的轮廓……在眼前渐渐模糊、消失，留下大爸德生独自站在"羌寨部落"的招牌下，拄一根木杖，一动不动。

眼睛看得见的你才信，
那你看得见好多？

一辆翻斗车缓缓开进处置车间，把几十头死猪死牛尸体倾倒进处理槽。这些从成都周边运来的动物尸体，在此搅拌粉碎、高温消毒后，将用于树苗肥料之类使用。

永学办理完交接手续，经过消毒区回到监控室。工作台上的电脑屏幕里，有七八个画面适时显示着厂区内外各个路口、大门、车间的运输、消毒情况。永学在工作台前坐下，"哎！"一个熟悉的身影出现在监控屏上，永学点击放大画面，是父亲拄着一根木杖向厂区大门走来。

永学在门口接到父亲。贵生没提永顺让自己生气的事，只把三位老人去村委会的情况说了一遍。

"村委会让我们自己去租车，我们几个老人又不知道怎么找人租，你一个星期不是有三天休息时间吗？租车的事你去联系一下。"

"联系租车太容易了嘛！"永学听了一笑说，"但是阿爸，现在都啥子时代了，你还信这些？"

"不信这些信啥子呢？"

"现在是科学时代，"永学把他握在手中的手机在父亲眼前晃了晃，"要信科学嘛！"

"科学科学，科学就祖宗都不要了？"

"你逢年过节都在烧钱纸的嘛？"

"逢年过节烧纸，那是不忘祖宗嘛！离开老家的时候给玛比许了愿，三年里就回去祭拜祖宗，把神请下来。现在都八年多九年了，不能再拖了！"

　　"哦哟！"永学又一笑，"都那么多年了，玛比恐怕都忘记了哦！"

　　"玛比忘记了？"贵生晒然一笑"还是你忘记了？"

　　"玛比，玛比在哪儿？哪个看到了嘛？阿爸，眼睛都看不见的东西，你都要信？"

　　贵生将手中木杖往地上一戳，"哼！"的一声拂袖而去。

　　"阿爸！"永学这才发现父亲生气了，喊叫着追出大门。

　　贵生听见永学在身后叫自己，停住脚步回头道，"眼睛看得见的你才信，那你的眼睛看得见好多？"

　　贵生说完，转身拄杖离去，留下永学独自立在厂区门口，望着父亲的背影，消失在来来往往拉运动物尸体的车流里。

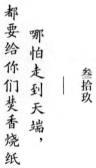

叁拾玖

——

哪怕走到天端，

都要给你们焚香烧纸

2017年12月28日，贵生、德生、袁德才等老人，领着永富、永顺、国顺等一众村民回到汶川县龙溪乡夕格老家。

九年前村民们迁走之后，每座楼房的横梁、楼板、门窗等木料很快被邻村人拆走，房屋随之坍塌破败，唯独永富家的房屋保存完好，一户放羊人居住其中，房子得以保留。永富远远地望着父亲拄一根木杖，在一片残垣断壁里，搜寻辨认着自家先前火堂、神龛、睡房、猪圈的位置。永富不忍上前打扰，又回到自己和妻儿老小凿石筑基、伐木搭梁一手一脚建起的房屋里，内外看了一遍，才到对面废墟里扶着父亲去找幺爸贵生。贵生家房屋的木柱、木梁、木板、木门也都早被拆走。只有纳擦顶端的白石，在一片残破的石墙之中，孤独地闪耀着熠熠的光亮，引人注目。贵生、德生兄弟找到了先前大门口的位置，二人举目四顾，怅然无语。

贵生走进残垣断壁之中，一件件清理着残破的旧物。

"杨伯，""你想找啥子东西？"我问。

"我想找到给人治病用的那个铁铧头。"

离开老屋废墟，杨氏一族后代来到阳顶山下那块古柏合围的台地。先前，比崴吉杨姓的老人去世，都在大寨子目博（坟地）火葬送魂，自打迁居外日给（牛场）后，近五六代祖先都土葬在这里。

众人在坟前依次跪下，永富点燃三炷香，插在荒草环伺的坟前。

"祖宗香火，这三块就是苹果，这个呢是柑子。"永顺从背包里取出水果，向祖宗们一一介绍与往年不一样的新式祭品，"我们到邛崃，那里出水果，这个呢，我们阿坝州没有，它叫柚子……"

永顺献过水果，众人随之焚化纸钱。在火光辉映下，贵生开始持诵祭辞：

　　　　哎……天神不是我　地神不是我

　　　　天神是天上的神　地神是地上的神

　　　　昨年是什么年　是猴年

　　　　今年是什么年　是鸡年

　　　　前一个月是哪个月　是九月

　　　　喔……新的一个月是哪个月　是十月

　　　　今天是十月十一，属猴……

贵生持诵一半，抬眼望向被枯柴杂草覆盖的几十座老坟，内心的愧疚与伤痛潮水般涌来。

"祖老先人！"贵生放弃了释比祭辞的持诵。

"哦，祖老先人！你们的儿女、孙子、曾孙、玄孙……我们离别故土，因为上天让我们遭受地震，故土受灾，不能住人…"

说到此处，贵生已是泣不成声："我们就这么迁走了，……今天才来看望你们！"

"哇……"一片哭声涌来。在摄像机的取景框里，我看见德生、贵生和左右子孙像一群失散多日的孩子，扑在久别重逢的母亲怀里，号啕大哭，涕泪横流。贵生一手焚着纸，一手抹着泪孩子般倾诉着：

"高祖、启祖、爷爷、奶奶，我们远走他乡也是身不由己，千山相隔不要怕，万水相阻不要愁，您的儿女、孙子、曾孙、玄孙……手臂搭桥来看你们，头发结绳来看你们，让你们的后世子孙，像山岳一样稳重，像太阳一样明亮，像星星一样闪耀。我们哪怕走到天的另一端，逢年过节都要给你们焚香烧纸！"

八十四岁的大爸德生颤抖着双肩，抓挠着衣领、脖子、头发。他一把扯下头上的绒帽，挥手向身后扔去。他一边用手背抹着泪，一边孩子般哭诉："高祖、启祖、爷爷、奶奶，我只说两句！你们的儿孙一辈子勤劳耕种，老实做人，可是……，你们一方呢我们半边，我们去了邛崃，你们留在阿坝州，咋个做呢？已经这样了，呜……呜……"

此时，南宝山麻布坪茶场，余秋珍正在茶地锄草。浓雾忽散忽聚，山树、道路、房屋忽隐忽现。

"阿妈，你在除草啊？"

余秋珍收起锄头一看，是儿子永学。

"永学你腿又不好，咋还到山上来呢？"

"阿爸让我帮他们租车，车找好了，他的电话打不通。"

"你哥哥已经送他们去了，不用找车了。"

"哦！……几时去的？"

"昨天早晨。"

"唉！阿爸是不是怪我了？"

"没怪你。你阿爸说，每个人头上都有神灵，每个人身前都有祖先，心里能不能想到祖宗神灵，就看自己的了。"

就在今天
就在此地

肆拾

昨夜一场大雪，将整个龙溪山谷覆盖得严严实实，东方渐白，天地一片纯净。永富怀抱金丝猴头骨，国顺手举神旗，永顺牵着白羊，释比贵生身穿白色麻布长衫、脚蹬云云鞋、腰系响铃兽角、身背羊皮鼓，大爸德生、袁德才双手拄杖，众人沿山路向崴孤山头的玛比神庙走来。

阳光从西山顶上滑落下来，五颜六色的云霞、山岚从四面八方涌起，众人一看天象，心中欢喜。永富今天接替父亲担任刮斯姆，他在祭台中央的白石前站定，先把装满玉米的杉木升斗放在白石右侧，然后放上刀头，插上神旗，转身点燃神台前方的香柏柴堆。

火光耀起，永富燃一把香双手递给释比贵生，贵生举香在手，开始礼敬神灵：

哎，尊敬的火神，喔，牛场的山王神，崴孤的玛比神、川主神，牛场的山王神，新房子的地盘业主神，大寨子的土主神，斗母娘娘、催生娘娘、山婆娘娘……一场大地震让我们离别故乡，我们今天才来献祭敬神，真是惭愧！今天十月十三是个好日子，我们今天诚心诚意来敬你们、请你们。人到哪里神就在哪里，请你们欢天喜地地跟着来呀！喔，尊敬的火神啊，您一天去三回，两天去六回，三天去九回，往来在天上人间；您上通天，下通地，中间通人间！我说的话，请您给众神通报一声！就在今天，就在此地，请让我唱诵《火神》这一章：

哎，尊敬的火神啊

凡夫不知道神灵

神灵却真有啊

就在天上 就在人间 就在人心里

从上天飞来的是玛比祖师

从大地走来的是爸比祖师

驾着铁盘飞行的是阿巴祖师

我的师父我的祖师

请在我眼前示现

请进我梦中提醒

请在我心里启示

比波祖师 业密祖师

贝博祖师 额扎祖师……

释比我很渺小

但祖师传下的诗章如江河浩荡

释比我很渺小

但祖师的心胸像天空广大

……

天下人看到这些影像，多好啊！

—— 肆拾壹

敬过火神，敬过祖师，贵生在神台左前方的石板上坐下，把单面羊皮鼓立在左腿，从鼓中取出金丝猴皮帽，双手戴在头顶。永富捧一条红布递来，贵生接在手中，上前用双手披在祭台正中的白石身上。永富点燃一枝香柏，贵生接过摇曳着火焰的柏枝，在空中画着圈，开始为白石解秽。

哦送送送……

让神祇左右洁净无垢

让祭品内外洁净无秽

……

祭台西侧石墙上有一个石孔，这是专为热帕吉（羊祭）拴羊而设的。拴好白羊，永富用柏枝蘸着盆中清水，开始给羊身洒水，永富、永顺、国顺等口中各衔一根松枝，注视着白羊的反应。永富洒到第三遍时，白羊浑身抖动起来。众人相视点头，知道这是神灵愿意领受献祭的表示。

宰牲献祭之后，贵生在祭台前跪下，持鼓率众礼敬玛比：

尊敬的玛比神啊，我们远走他乡不能没有您！今天，我们诚心诚意来接您！现在，请让我击鼓唱诵《神路》这一章：

尊敬的师父　尊敬的师母

请为我开启《神路》这一章

戴上金丝猴皮帽

我的唱诵就此开始

雪隆包的山坳里

猎狗撵出了一只赤麂

赤麂一惊　蹬落了一块银石

银石飞落到岩边的水池

水花飞溅到金鸡的羽毛上

金鸡一叫　把人惊醒了

人声喧哗　把释比惊醒了

释比击鼓　把神惊醒了

众人拿起斧头去开路

开辟神路　开辟愿路　开辟人路

……

穿黄衫的是您啊　玛比

戴黄帽的是您啊　玛比

举神旗的是您啊　玛比

牵白羊的是您啊　玛比

疏导洪水的是您啊　玛比

314

拨云见日的是您啊　玛比

驱除邪魔的是您啊　玛比

化解是非的是您啊　玛比

解除病苦的是您啊　玛比

请收摄暴雨水灾

请止息山崩地陷

让天地风调雨顺

让世间人畜平安

没有天　就没有地

没有日月　就没有人烟

人无祖宗　根从何来

人无父母　身从何来

……

　　"尊敬的玛比、夕格的五尊大神！释比我在唱诵时如有遗忘，请在我眼前示现，请在我梦中提醒，请在我心里启示。释比我很平凡，在天没有成就，在地没有功劳，我们来迎请你们，有人跟随摄像记录，这是好事，天下人看见这些影像，对祖宗神灵生起敬意，神也能领受到人间香火，多好啊！"

肆拾贰

手臂搭桥来接您，
神啊请跟我们来吧！

贵生收鼓起身，退到祭台前方空地站定，大爸德生、袁德才上前站在他左侧，志平点燃鞭炮，永顺上前从祭台取回神旗，国顺怀抱身披红布的白石，永富抱回金丝猴头骨，一众人退到贵生两侧。贵生左手举起羊皮鼓，右手一挥鼓槌，"咚！"唱起《请神之歌》：

> 白云之上　天路已经铺就
>
> 神啊　　　请跟我们来吧

刮斯姆唱：

> 神啊　　　请跟我们来吧

释比击鼓，唱：

> 高山之巅　天路已经铺就
>
> 神啊　　　请跟我们来吧

这时，身后传来数十人的合声：

> 神啊　　　请跟我们来吧

贵生回头一看，永学拄着拐杖站在身后，永学左右，还立着水泉、龙青等数十个夕格年轻人。他们一个个喘着粗气，脸色红润，额头挂着汗珠。贵生恨了一眼，嘴角却露出了笑意。他转身击鼓高唱：

　　　　　　　熏香之手高举神旗

　　　　　　　神啊 请跟我们来吧

众人唱：

　　　　　　　神啊 请跟我们来吧

释比击鼓，唱：

　　　　　　　千山相隔不要怕

　　　　　　　神啊 请跟我们来吧

众人唱：

　　　　　　　神啊 请跟我们来吧

众人转身，结队沿崴孤山梁而下。

释比击鼓，唱：

　　　　　　　头发结绳来铺路

　　　　　　　神啊 请跟我们来吧

众人唱：

　　　　　　　神啊 请跟我们来吧

　　一队古羌后裔的身影渐渐隐入山脊，隐入树林，《请神之歌》仍在空寂的龙溪山谷飘荡、回响——

　　　　　　　手臂相连来搭挢

　　　　　　　神啊 请跟我们来吧

请跟我们来吧

请跟我们来吧

......

云开雾散，迷蒙的曙色里化出一轮红日。

"八年多九年了，从来没见过今天这么好的天气！"

"这下对了，把神请下来了，这就是自己的地头了！"

请神归来，一众人站在南宝山木梯羌寨东南的小山头，选择安神地址。

"都说一下，安在哪里好？"袁德才说。

"在寨子中间村委会楼顶修个纳察（祭坛），"永顺指着寨子里那座最大的楼房说，"安在那里好不好？"

"安在新修的碉楼旁，"水泉指着寨子上方山头说，"游客些来了，也可以看。"

"不好！"大爸德生摇摇头，"还是像老家一样修个庙，一寨人敬神还愿才方便。"

"幺爸，"永富见众人意见不一，贵生却望着曙色里被云霞时而遮盖时而显现的红日默不作声，上前一步问：

"幺爸，你说把神安在哪里好呢？"

"哪里都行。"

"呀！哪里都行啊？"

"重要的是，要安在人的心里。"

一本『实验民族志』
在反差与对比中
呈现真实

王明珂

2008 年 "5·12" 汶川大地震之后的一个晚上，一辆黄色悍马车将我接到成都一处十分雅致的餐厅参加一场聚会。据说邀请者是一位 "公司老板" 和一位藏地寺院活佛、一位藏族女企业家。三位藏地精英人士宴请一位台湾老土，我以为是几个商人想要捐钱救灾，希望借助我在羌区的地方关系。后来，在餐聚中大家谈起救灾的事我才知道，在座每一个人对阿坝州羌藏地区的了解，都比我这学者深入得多，每一个人在地震救助上所做的事都远非我所能及。这场宴会中那位言语轻和的 "公司老板"，便是高屯子。

高屯子，这名字让我想起另一场餐聚。大约是 1994 或 1995 年，在松潘一间狭小的街边饭馆里，当时我刚进入羌族地区作研究，羌族朋友毛明军将我介绍给松潘当地人士。桌上杯盘狼藉，满屋子浓烈的烟酒气息，狭小的室内挤了十多人并且仍有人不断从外面进来打招呼、敬酒。当时在座有一位身体强健的青年犹显豪放洒脱，说他是一位诗人名叫高屯子。没有错，经我询问后得知，此高屯子便是彼高屯子。这两场相隔十三年的餐宴，其间的人事、物象，反差如此之大，一个高屯子，仿佛判若两人。

后来与高屯子接触渐多，发现在他身上，仿佛始终充满着巨大的反差与矛盾。从形象、气质上看，内地人总把他当成一位高原藏人。在草原或山寨，他骑马、耕地，如同一个牧民或农民；在都市一些现代艺术聚会中，他着装前卫，俨然一位时尚人士；谈起文学与影像，他是一位热情洋溢的艺术家；谈起佛学或偶见他静默独处默念真言时，他似乎又是一位修行者。他的作品，无论是文字或是影像，都处处显现出强烈的，一如他本人的强烈对比，显现出时代、社会与文化的反差与矛盾。

如下面这一段他对寨子里电视卫星接收器的文字与影像描述：

> 大寨子人把电视卫星信号接收器叫作"锅盖"。自从这顶"锅盖"走县过乡、翻山越岭来到高山之上的大寨子，并在这杉板铺就的屋顶站稳脚跟之后，便开始向这个古老的高山村寨，传递着各种让人眼花缭乱、应接不暇的现代信息。对于高山羌寨的山民们来说，世代居住的山寨，就

像自己慈祥的母亲，她孕育生命、生长五谷、遮风挡雨，她是山民身心困倦的归巢，是一生理想与情感的全部依靠。

但自从这项粉面朝天、音声婉转的"锅盖"来到山寨，和山民们亲密接触之后，古老宁静的山寨便开始躁动起来。一年之后，寨子里的年轻人便纷纷离开山寨，跑到城市里打工去了。58岁的村支书王天才这才发现，自己费尽周折翻山越岭请来的，哪里是一顶"锅盖"？她简直就是一个勾人魂魄的性感美女，不知不觉之间，一寨子的年轻人都被她迷得心猿意马、魂不守舍，随之抛家舍母、远走高飞去了。

我们从社会生活中得到一些印象与经验，我们以文字或影像将它们表述出来，然而我们的观察与表述深受社会文化与自身学术背景影响。譬如，我们从一些文字与影像描述（包括学术性的）中，经常获得的少数民族印象：他们是原生态的、传统的一群人。然而在高屯子的文字中，传统村寨与现代卫星信号接收器、古老的宁静与现代的躁动、慈祥的母亲与性感的美女，处处皆见对比、矛盾与融合。那些图片所表现的也一样：木石房屋的顶部延伸到屋角边，突然出现的是朝向天际的金属"锅盖"；背景云雾深锁的山头象征着村寨生活的封闭与阻隔，如今却被那向外张望的"锅盖"突破。这也是高屯子基于其多年在松潘、在阿坝州、在成都的生活经验，诚实面对、表述羌族村寨生活的现实。

我们再看看以下这一段文与图：

> 2009年8月，"羌绣就业帮扶计划"与现代传播集团，在香港举办民族文化推广活动，还居住在邛崃城区救灾板房内的贵生、永顺父子，被邀请去表演释比舞蹈。
>
> ……
>
> 见四周并无椅凳，贵生便在地毯上坐了下来。先前在夕格山上放羊时，贵生总喜欢找一块草坪坐下，静静地看着羊群在身边吃草喝水、撒欢咩叫。贵生用手摸了摸肥厚的地毯又摇了摇屁股，体会着草坪与地毯的异同：若论松软舒适，这地毯并不逊于山野的草坪；若论眼前景致，一直冲着自己微笑的那几个女孩虽然不会撒欢咩叫，但她们的服饰、脸蛋、微笑，倒真如那欢实的羊羔一样可人，一样赏心悦目。（见图240页）

同样的，在文字里，作者描述"还居住在邛崃城区救灾板房内的永顺父子"被移置于香港现代都会，羌的传统"民族文化"被"现代传播集团"搬到都会中作宣传、展演，以及贵生以放羊时坐在乱石坡草坪上的坐姿坐在香港酒店肥厚的地毯上。照片中，贵生坐在地毯上，将一个麻布口袋放在身边；后方，他的儿子伫立仰望着展示墙上"追寻现代中国"几个大字，手上仍持着羊皮鼓。这种羌族传统文化的刻板象征，作为少数民族与"现代"之间的结点，也许就是被邀来香港的原因。高屯子的作品便是如此，在充满对比、矛盾的呈现与表达中，传达出对现代的反讽与对传统的反思。

洞察生活本来的反差与矛盾并加以呈现与反思，这样的艺术作品包括学术著作，往往更接近真实。

因而，高屯子所著的这本《十年寻羌》，不仅在其影像与文字所显现的艺术魅力，这本书还可以让一般读者省思自己对民族、文化与传统的"常识"，可以让不知该如何表述"异文化"的学者，将之视为一本"实验民族志"，借以反思学术性的少数民族文化，书写如此产生的"学术知识"。

———

王明珂，著名历史与人类学学者，台湾"中研院"历史语言研究所所长，哈佛大学博士，长期在川西阿坝州、甘孜州等地，进行藏、羌社会与历史记忆研究，以及在蒙、藏牧区游牧人类生态研究。著有《华夏边缘》《羌在汉藏之间》《寻羌》《英雄祖先与弟兄民族》《游牧者的抉择》等。

这本书的拍摄和书写持续了十年。

为什么要花这么长时间去拍摄、书写一群高山之上的古羌后裔？

汶川大地震之后，他们经历了怎样的心理历程、现实处境？

为什么要用图片、文字、电影三种语言平行记录？

中国人有没有一个共有的身份认同、内心归宿？

中国人有信仰吗？

你信神吗？

"寻羌"寻什么？

……

十年间，常有人这样问我，我也这样问自己。

2020年农历庚子年除夕,《十年寻羌》终于定稿。看着十年里自己一手一脚哺养长大的这些图片和文字相亲相爱、牵手并行的样子,我长长地舒了口气 :啊!摄影和文学这对冤家,一百多年前就已见面相亲,彼此却总是矜持暧昧、若即若离。今天,在我的田园里终于让他们喜结连理,从此男耕女织,琴凤和鸣!

　　再将图文通读一遍,似感意犹未尽。有如床笫之间、会议之中不便直说的一些话,总想找亲朋好友聊一聊,才释怀、才尽兴。

　　2018年底,电影《寻羌》先后受邀在上海国际电影节、西湖国际纪录片大会、复旦大学、四川大学、中国社科院、国家图书馆……和一些内部圈层交流展映。每次放映结束,主办方都会安排一个“影后交流活动”。其间的一些问答,回想起来,正好是对上述问题的讨论,正好就有“想找朋友聊一聊”的话题。于是决定,将几场“影后交流”的录音转成文字,摘录几段附于书末,一可了却未尽之意;二可检视《十年寻羌》图片、文字、电影三位一体,分合自如的尝试。摘录如下,兼作后记。

一　你信神吗？

嘉宾 H 老师：这部影片让我感动的是这些羌族村民，他们对故土、对祖先、对牛马难舍难分的感情。但是他们对那个玛比神的感情，让我有些不理解。你信神吗？

高屯子：您信吗，H 老师？

嘉宾 H 老师：我是一个无神论者，是不相信什么神啊鬼啊的。

高屯子：H 老师好久不见，说起话来还是那么气定神闲、神态自若。虽然这个厅灯光不太亮，但照样能感受到你神气十足，你看，两眼炯炯有神！我这样夸您，高兴吧？

嘉宾 H 老师：当然高兴啦！好久没见你，你精神也不错呀！

高屯子：嗯，你说我精神不错我很高兴。如果我一见你就说，哎哟 H 老师！你怎么神思恍惚、神昏意黯、心神不宁的呀？你回敬我：哎呀高屯子，你怎么六神无主、失神落魄、神不守舍的呀！我俩是不是都会不高兴？或者会意识到自己真的状态不佳呢？

嘉宾 H 老师：哈哈，你夸人损人每一句都带个"神"字！

高屯子：哈哈，回过神来了吧？！所以我们中国人还不能轻易说自己不信神。

观众 F 同学：我也正想问这个问题，释比贵生和他的儿子来到繁华的都市，他说："这么大一个城市，尽是汽车的味道、火锅的味道，怎么就闻不到神的味道？也闻不到鬼的味道？"这句话对我很有触动，请问你是怎么理解神和鬼的？

高屯子：从现代前沿科学理论的解释来看，多维空间里有许许多多的生命，有的看得见，有的我们借助高倍望远镜和显微镜也看不见。高维的生命，在中国语境里是不是就是神？低维的生命，是不是就叫鬼？我们可以讨论。比如佛教说的欲界六道众生：天、非天、人、畜生、饿鬼、地狱。我们只能看到人和畜生；天、非天，是高维的生命形态，和我们不在一个维度，一般人看不见；饿鬼、地狱，是低维度的生命形态，一般人在常态下也看不见。眼睛看不见是不是就可以说没有呢？孔子说："祭神，神如在。"神，是生命处于宁静、祥和、无私、上扬的状态；"鬼"，就是处于烦恼、嗔恨、自私、下堕的那个状态。"神"在中国文化里内涵很丰富。汉字的"神"是个会意字，也指有智慧、有能量，能将天、地、人融会贯通，值得供奉敬仰的人。

观众F同学：嗯，地震之后，释比贵生和他的大哥德生去敬神，年老的德生对神说："今天来敬你们，只是希望人神欢喜和睦！人好过，神才能受到供奉。老百姓都不好过，谁来敬神呢？"人和神很亲切，可以商量、可以讨价还价。影片开头的故事里说，天上的玛比把女儿木姐珠嫁给人间的灵猴斗安珠，才有了人类。玛比是祖先。后来贵生带着村民回乡祭拜祖先、迎请玛比的时候，他赞美玛比时唱：疏导洪水的是您啊玛比！玛比又好像是"生于西羌"的治水英雄大禹。

高屯子：嗯！天地、祖先、英雄，天人合一。由此可见，中国人说的"神"，不同于一神教宗教里的人格神。不是必须臣服的那个生命主宰，而是内心的敬仰、情感的依靠、人生的楷模。我们敬畏天地，就有天地之神；我们敬重祖先，就有祖先之神；我们敬仰先贤、英雄，孔子、孟子就是我们的文化之神，张仲景、孙思邈就是我们的医神，鲁班就是我们的建筑之神，卫青、霍去病就是我们的战神，李白、杜甫就是我们的诗神……在许多中国人的心目中，这一百多年来，为中华民族救国图强居功至伟的那些志士英烈就是我们的神；就在今天，带领华为抵御外辱的任正非就是我们的神。

二　本欲度众生，反被众生度

观众 F：看这部影片的第一感受，就是它弥合了纪录片与剧情片之间的界限。真实的地点、真实的人物、真实的故事、真实的情感。而故事结构和视觉效果，又如同剧情片一样情节连贯、影像考究。影片里人与祖先、人与神灵、人与牛马难舍难分的场景，让我非常感动。释比的唱词那么美，说话幽默又很有意味！让人感觉既真实又超现实。我想问，纪实影像、纪实文学怎样才能做到既不失其真实，又具有感人的力量、审美的意味，你十年寻羌，一定有自己的一些心得吧？

高屯子：纪实类作品的创作，首先要想清楚，你该以怎样的姿态去面对你拍摄和书写的对象？比如我们拍摄高山之上的羌族村民，你是以专家学者或旅游观光客的派头，用猎奇、媚俗的眼光去打量？是将其视为"原生态的""落后的""少数民族"的去关照？将其视为需要拯救、教化的对象高高俯视？还是怀着对生命的敬畏，对乡土的关切，以平等的心理去真诚面对？如果是后一种态度去书写、拍摄，我们的影像、文字，就不会是怪异、呆板、平庸的；我们便一定能从中体味到记录者与被记录者之间的心意相通，体味到虚构作品难以达到的真实之美。

观众Q：去年在大理国际影会上，看了你得金翅鸟最佳摄影师奖的那组图片，120哈苏正方形图，厚重典雅，很耐看。拍摄过程中，你主要是抓拍还是摆拍？你怎么看纪实摄影中的人为安排？

高屯子：拍摄高山羌人，我不安排他们，我安排我自己。根据他们的生活状态、个人情绪来安排自己的镜头，安排自己的位置。但是，要知道抓拍不一定就真实，摆拍不一定不真实。

观众Q：抓拍怎么可能不真实，摆拍还会真实？

高屯子：比如你以媒体记者的身份去羌寨拍片，抓拍了许多"原生态生活"。但这些场景，包括人的衣着、言行，都是深谙媒体需求的"有关人员"安排，村干部组织，村民们表演的。被你抓拍下来了，真实吗？即便没人安排，村民一见来了个城里人，一见你举照相机，便条件反射地要捋头发、扯衣领拿腔拿调。这是长期看电视受安排形成的反应，当然不真实。比如这一张，释比王明强头戴金丝猴皮帽，手持羊皮鼓，脚踩禹步，身后是苍茫深远的岷江深谷，这是之前在释比还愿仪式上目睹之后，便在我心中挥之不去的影像。我做了一次"摆拍"，我想这是真实的。不管"抓拍""摆拍"，你都不能引诱拍摄对象按照你预设的方向去说话、行事。真实来自你对拍摄对象的了解与亲近，来自你内心的真诚，来自你对生命真相的发现。

观众W：我比较关心你的拍摄和书写，对这些羌族村民的生活有没有带来影响、带来改变？

高屯子：我的拍摄和书写，目的不像当初发起"羌绣就业帮扶计划"，去影响他们当下的生活境况。我的拍摄和书写，不能与政府的决策、现代化的进程对他们的影响相比。但每一个时代都需要有人对其所处的现实有一个真实的记录、真诚的书写，让真相呈现，并使其成为一段可信的历史。永顺在南宝山主持今年的羌年还愿仪式，一口气唱诵几千行祭辞，让寨中村民和前来考察的学者们惊讶不已。他说他对释比文化重新生起自信，诚心向父亲再度求教，这与我、与安强这些同他们长相守望的拍摄者、记录者有关。我的拍摄和书写，缘于"5·12"地震之后发起的"羌绣就业帮扶计划"，去救助灾区妇女。没想到高山羌寨的古风会让我如此亲切；没想到迁徙与回归路上，人与祖先、人与神灵的悲欢离合，会让我如此感慨动容；没想到我的拍摄方向会因他们而改变，内心的成长反受他们的救助、帮扶。真是"本欲度众生，反被众生度"。

三　"寻羌"寻什么？

嘉宾K：原以为这部影片只是记录一段少数民族的生活、经历，看完影片和部分图片、文字之后，感觉作者在意的并不是一个"少数民族"故事，而是这个"寻"字。"羌族"，对大部分观众和读者来说，还是比较陌生的。"寻羌"寻什么？你的心里有没有一个答案？

高屯子：我只是用影像和文字，把这群高山羌人经历大地震之后的生活处境和精神状态，以及他们迁徙与回归的经历记录下来，呈献出来。这些图文本身，我自己，可能没有能力直接给出一个答案。今天，各种新思想、新观念与中国传统、中国特有的国情全面结合，人心被撕成遍地飘零的碎片，这在古今中外都是未曾有过的。这是否恰好成为这个时代文化反思、文化自觉的契机？如果《十年寻羌》能带给观众和读者一点影像和文字之美，带来一点温暖和感动的同时，还能引发我们，哪怕一小部分人去思考什么是中国人的精神？去"寻"东西方各文化系统间减少对抗、增强融通的途径，自然是这些影像和

335

文字的幸运。

嘉宾Z：我们认识中国文化，反思中华文明，不"寻羌"是不行的。"羌"是甲骨文里唯一出现的族群文字，我认同学者石朝江先生的观点：东蒙、西羌是中华文明的两大源头。我发现中国社会学、人类学奠基人费孝通先生的学问成就，也是通过他几十年"寻羌"得来的。他发现"羌"是一个向外输血的民族，正是由于"羌"的不断"输血"，才促成了中华民族多元一体结构的形成。"各美其美、美人之美、美美与共、天下大同。"他能提出这么伟大的处理人类关系的"十六字箴言"，我想，也一定是在"寻羌"的过程中，得到的灵感。每一个民族都有各自的文化精粹；多样文化之间要相互尊重、和睦共处，世界才充满活力与生机。多好啊！

嘉宾L：村民们对亲人、乡土、祖先为什么如此情深？放映时听到周围一片抽泣声。我们为什么会为之感动？由此我想到十年前的"5·12"汶川大地震，想到现在的新冠疫情在武汉暴发，中国人的情感，中国人的家国情怀、献身精神，为什么总能在面对乡土祖先，面临艰难险阻时就能被全面唤醒？中国人有没有一个共有的生命背景与情感依靠？有没有一个共有的身份认同和内心归宿？中华文化五千年不断的密码在哪里？我想这是全球化进程中，我们必须要去思考追寻的。

四 中国人有信仰吗?

嘉宾Q:这是一部关于信仰的作品,你花十年时间、精力去拍摄,不容易!但是有什么办法呢?中国人没有信仰!

高屯子:许多人都爱这么说,但是你想啊!中华文化五千年一脉相承延续至今,从未中断,这在全世界是绝无仅有的;中华民族屡遭劫难而不解体,这个民族没有信仰,可能吗?

嘉宾Q:有吗?……佛教?道教?中国14亿人,你算一下,有信仰的有多少?能占多大比例?

高屯子:一定要有个宗教形式,才叫信仰?

嘉宾Q:嗯?……那你说,中国人信仰什么?

高屯子:中国人的确没有全民宗教信仰,但千百年来这个民族有一个始终不变的共同信仰,那就是对天地的敬畏、祖先的敬重、先贤的敬仰。

嘉宾Q:哈哈哈……这是自然崇拜、原始信仰呀!达不到哲学的高度、宗教的高度,不够高级呀!

高屯子:中国人敬仰的天,不是自然现象那个天空的"天"。是指能生起宇宙万有的那个根本。哲学家叫"本体",基督教叫"上帝",伊斯兰教叫"真主",佛家叫"真如""佛性""实相",道家叫"道"。儒家没走宗教路线,叫"天",天生、天性、天然。孔子说:"君子有三畏:畏天命,畏大人,畏大人之言"。 畏天命 ,就是敬畏宇宙生命的根本,敬畏天地间的大规律、大法则；畏大人，就是敬畏父母、长辈、道德学问很好的人；畏大人之言，就是对父母、长辈的言语，先贤留下的经典有所敬畏。这和信仰上帝、佛菩萨、宗教经典是不是差不多呢？中国几千年来没有普遍的宗教形态，却有平易近人的宗教哲学。你说到高级，什么叫高级？能够把抽象、艰深的理论，转化成大众听得懂的语言，去指引老百姓的日常生活，无声无息地滋养生命，才叫高级。当今世界，人与人之间、族群之间、国家之间，为什么有那么多的对立、冲突？许多人的怨气、戾气为什么那么重？就是容易把那些高级的理论、教条装进脑子里化不开，不能融化到生命里，落实到生活中。凡有所成就的人，他一定有敬畏之心。"小人不知天命而不畏也，狎大人，侮圣人之言。"没有敬畏之心的人不会有成就，即便一时弄出点响动，也不会长久，很快就会倒霉。

嘉宾 Q：没有形成宗教形态，没有唯一的信仰目标，不是很乱吗？对人的心理、行为，就没有约束力呀！所以中国人什么坏事都做得出来呢！

高屯子：什么坏事都做得出来，不只是中国人吧？！如果你了解东西方历史，就不会这么说了。至少在这一千多年来，欧洲、中东发生的战争、暴力冲突，大部分都是因为不同宗教，或同一宗教不同教派之间互不相容引起的。直到今天也没停止。在中国偶尔也有纷争，但从来没有发生过由宗教引起的战争。中国人信仰里的天地祖先不是对立的，不是排他的，是包容合一的。再来看你说的心理行为的约束力：一个人在情急之下，信仰基督教的会叫：OMG！信仰佛教的会念：阿弥陀佛！观音菩萨！而大多数中国人呢：我的天呐！我的妈呀！可见中国人对自己心理和行为的规范、约束，不是靠一个主宰，不是靠宗教戒律。他们知道举头三尺有神明，相信人在做天在看，做人做事讲究个天理良心，不辱没祖宗，不愧对先贤。不少中国人也有宗教信仰、政治信仰，但一定是建立在对天地的敬畏、祖先的敬重、先贤的敬仰这个基础信仰之上的，离开了这个基础信仰，离开了敬天爱人、孝道重义，在中国就失去了生发的土壤，就无法存活、发展。不过你能发出这样的感慨和追问，说明在这一百多年来各种风潮与"运动"的冲击下；在机器、电脑、资本对人类的快速异化下，中国文化确有被中断的危机，两百年后还有没有"中国人"？如果五千年延绵不绝的中国文化，在今天没有人奋起兴灭继绝、复兴发扬而中断，作为这个时代的学者、读书人，哪里还有比这更大的耻辱呢？

五　迁徙途中，我们如何心安？

观众Y：这一群古老羌族人的后裔，一代一代地迁徙，因为战争、因为生计、因为猴子野猪、因为地震……，他们适应新环境，寻找归属感。这让我想起我自己的家、自己的亲人。

我爷爷奶奶六十年代从河南迁到贵州，二十年后我爸我妈又从贵州迁到上海，后来我一个人到美国留学，现在又回到上海找工作、上班……我就在想，我们今天不也在"迁徙"吗？在忙碌中适应新环境，在空虚中寻找归属感。《十年寻羌》讲的是一个少数民族迁徙的真实故事，但我感觉这部作品其实是拍给我们、写给我们这一代年轻人看的。我们随时"迁徙"在不同的国家，不同的城市、乡村之间。有时，我们会觉得没有归属感，也渴望获得父母亲人的关怀、安慰。我们真的需要好好想一想，在身体的迁徙中，内心如何安放？如何找到归属感？

高屯子：是的，我们常年忙碌奔波，远离家乡、亲人，"迁徙"在不同国家，不同的城市、乡村之间，如果寻不到自己的文化背景、身份认同、情感依靠，"迁徙"，就成了身心的漂泊。我们在生活、工作中遇到不如意，如果能得到父母、亲人、朋友的安慰与鼓励，我们就能很快从烦恼、苦闷中走出来。如果我们个人遭遇到更大的困惑，民族遭遇到更深的危机，就需要我们去寻找更深远、更深厚的情感依靠和生命背景。这样，我们面对困惑、困境，遭受挫折、伤害时，才不会长久地陷于抑郁、怨愤，内心才有归属感，才有定力、自信。你有这样的感受，让我感到如遇知音，很欣慰！

……

暂录于此吧！

也许，这样的对话，还会在有缘与这些图文、影像相遇的

340

读者、观众间继续。我们生逢斯世，奔波忙碌，只要未曾停止追寻、思考，这样的"对话"，就不会在我们的内心停止。观点不论对错，交流最贵真诚。我深信，同受天地养育恩惠的人类，终将一同遵循天地之道，终将一同追寻天地精神。通过与高山羌人的十年相处，让我与渐已疏离的乡土，与传统再次亲近；通过拍摄、书写、交流，让我与许多高山村民、城市青年、专家学者、观众读者相遇、相识、相知。因缘奇妙，内心充盈喜悦、感恩！

——

高屯子
2021年 农历辛丑年
正月初三于北京

图书在版编目（CIP·）数据

十年寻羌：人与神的悲欢离合 / 高屯子著. -- 上
海：上海三联书店，2022.2
ISBN 978-7-5426-7609-2

Ⅰ．①十… Ⅱ．①高… Ⅲ．①纪实文学－作品集－中
国－当代 Ⅳ．①I25

中国版本图书馆 CIP 数据核字 (2021) 第 230376 号

十年寻羌：人与神的悲欢离合

著　　者	高屯子
责任编辑	陈马东方月
特约编辑	李鑫闻敏
书籍设计	许天琪　彭怡轩
监　　制	姚军
责任校对	周燕儿

出版发行	上海三联书店
	（200030）中国上海市漕溪北路 331 号 A 座 6 楼
邮购电话	021-22895540
印　　刷	上海南朝印刷有限公司

版　　次	2022 年 2 月第 1 版
印　　次	2022 年 2 月第 1 次印刷
规　　格	889mm×1194mm 1/32
印　　张	10.75
字　　数	130 千字
书　　号	ISBN 978-7-5426-7609-2/I·1744
定　　价	99.00 元

敬启读者·如发现本书有印装质量问题，请与印刷厂联系 021-62213990